卷葹·劫灰·春痕

冯沅君　著

泰山出版社·济南·

图书在版编目（CIP）数据

卷葹·劫灰·春痕 / 冯沅君著. -- 济南 ：泰山出
版社，2024. 9. -- （中国近现代名家短篇小说精选）.
ISBN 978-7-5519-0875-7

Ⅰ. I246.7

中国国家版本馆CIP数据核字第2024CJ1853号

JUANSHI·JIEHUI·CHUNHEN

卷葹·劫灰·春痕

责任编辑	任春玉
装帧设计	路渊源

出版发行　泰山出版社

社　　址　济南市泺源大街2号　邮编　250014
电　　话　综 合 部（0531）82023579　82022566
　　　　　出版业务部（0531）82025510　82020455
网　　址　www.tscbs.com
电子信箱　tscbs@sohu.com

印　　刷　山东通达印刷有限公司
成品尺寸　140 mm×210 mm　32开
印　　张　6.75
字　　数　135千字
版　　次　2024年9月第1版
印　　次　2024年9月第1次印刷
标准书号　ISBN 978-7-5519-0875-7
定　　价　32.00元

凡　例

一、本书收录了作者的经典短篇小说，主要展现了作者的思想情感、审美取向与价值观念，以及当时的时代风貌等。

二、将作品改为简体横排，以适应当代的阅读习惯。原文存在标点不明、段落不分等不便于阅读之处，编者酌情予以调整。

三、作品尽量依照原作，以保持原作风格及其时代韵味，同时根据需要，对原文进行了适当的删减和订正。

四、对有些当时惯用的文字，如"的""地""得""作""做""哪""那""化钱""记帐"等，仍多遵照旧用。

目 录

卷 葹 *001*

隔 绝 *001*

隔绝之后 *016*

旅 行 *023*

慈 母 *035*

误 点 *047*

写于母亲走后 *072*

劫 灰 *082*

劫 灰 *082*

贞 妇 *095*

缘 法 *108*

林先生的信 *114*

我已在爱神前犯罪了 *123*

晚 饭 *132*

潜 悼 *138*

EPOCH MAKING…… *161*

春 痕 *165*

卷 葹

捣麝成尘香不灭，

拗莲作寸丝难绝。

隔 绝

士轸！再想不到我们计划得那样周密，竟被我们的反动的势力战败了。固然我们的精神是绝对融洽的，然形式上竟被隔绝了。这是何等的厄运，对于我们的神圣的爱情！你现在也许悲悲切切的为我们的不幸的命运痛哭，也许在筹划救我出去的方法，如果你是个有为的青年，你就走第二条路。

从车站回来就被幽禁在这间小屋内。这间屋内有床，有桌，有茶几，有椅子，茶碗面盆之类都也粗备。只是连张破纸一枝秃头笔都寻不到。若不是昨晚我求我的表妹给我偷偷的送来几张纸和枝自来水钢笔，恐怕我真是寂寞死了。死了你还不知道我是怎样死的！

今天已是我被幽禁的第二天！我在这小屋内已经孤零零的过了一夜。我的哥哥姐姐们虽然很和我表同情，屡次谏我的母亲不要这般执拗，可是都失败了。她说我们这种行为直同奸识一样，我不但已经丢尽她的面子，并且使祖宗在九泉下为我气愤，为我含羞。假如他们要再帮我，她就不活了。士轸呵！怎的爱情在我们看来是神圣的，高尚的，纯洁的，而他们却看得这样卑鄙污浊。

身命可以牺牲，意志自由不可以牺牲，不得自由我宁死。人们要不知道争恋爱自由，则所有的一切都不必提了。这是我的宣言，也是你常常听见的。我又屡次说道：我们的爱情是绝对的，无限的，万一我们不能抵抗外来的阻力时，我们就同走去看海去。你现在看我已到了这样境地，还是这样偷安苟活着，或者以为我背前约了。唉，若然，你是完全错误了。

世界原是个大牢狱，人生的途中又偏生许多荆棘，我们还留恋些什么。况且万一有了什么意外的变动，你是必殉情的，那末我怎能独生！我所以不在我母亲捉我回来的时候，就往火车轨道中一跳，只待车轮子一动我就和这个恶浊世界长别的原因，就是这样。此刻离那可怕的日子（逼我做刘家的媳妇的日子）还有三天，刘慕汉现尚未到家，我现在方运动我的表妹和姐姐设法救我出去。假如爱神怜我们的至诚，保佑我们成功，则我们日后或逃亡这个世界的个别空间，或迳往别个世界去，仍然是相互搀扶着。不然，我怕我现在纵然消灭了，我的母亲或许仍把我这副皮囊送葬在刘家坟内，那是多么可耻的事。

我的姐姐责备我，说我不该回此地来看母亲，不然则鸿飞冥冥，弋人何篡？我虽不曾同她深辩，我原谅她为我计划的苦心，可是，士轸！我承认她是错了。我爱你，我也爱我的妈妈，世界上的爱情都是神圣的，无论是男女之爱，母子之爱。试想想六十多岁的老母六七年不得见面了，现在有了可以亲近她老人家的机会，而还是一点归志没有，这算人吗？我此次冒险归来的目的是要使爱情在各方面的都满足。不想爱情的根本是只一个，但因为表现出来的方面不同就矛盾得不能两立了。

当我刚被送进这间小屋子的时候，我曾为我不幸的命运痛哭，哭得我的泪也枯了，嗓也哑了。我的母亲向来是何等慈善的性质，此刻不知怎样变得这样残酷，不但不来安慰我，还在隔壁对我的哥哥数我的罪状，说我们的爱情是大逆不道的。我听了更气，气了更哭，哭得

倦了，呵：士轸呵！真奇怪，我不知几时室内的一切都
变了，都变得和我们在京时一样！仿佛是热天，河中的
荷叶密密的将水面盖了起来，好像一面翠色的毯子。红
的花儿红得像我的双靥，白的更是清妍。在微波清浅的
地方可以看得见游鱼唼喋萍藻，垂柳的条儿因风结了许
多不同样的结子，风过处远远的送来阵阵清香，大概是
栀子之类。又似乎是早上，荷叶、荷花、柳枝、道旁的
小草都满带着滚滚的零露。天边残月的光辉映得白色的
荷花更显清丽绝伦。我们都穿着极薄的白色衣服，因夜
风过凉，相互拥抱着，坐在个石矶上边，你伸手折了个
荷叶，当顶帽子往我头上戴。我登时抓了下来放在你的
头上时，你夺去丢在一边。我生气了，你来陪罪，把我
手紧紧握着，对我微笑，我也就顺势倚在你的怀里，一
切自然的美景顷刻都已忘了，只觉爱的甜蜜神妙。天边
起块黑云渐渐的长大起来，接着就落下青铜钱大的雨点
子，更夹着雷声隆隆，电光闪灼。忽然间你失了踪迹，
我急得仰天大叫："我的爱人那去了？……"一急醒
来，方知我是方才哭得太狠了，精神虚弱，因有此似梦
非梦的幻觉。士轸！过去的一段玫瑰路上的光景比这好
得多呢，世间的一切都是梦，也都是真。梦与真究有什

么分别，我们暂且多做几个好梦吧！

晚上没有月，星是极稠密的。十一点钟后人都睡了，四周真寂静呵，恐怕是个绣花针儿落在地上也可以听得出声音。黑洞的天空中点缀着的繁星，其间有堆不知叫什么名字，手扯手作成了个大圆圈，看去同项圈上嵌的一颗明珠石相仿佛。我此刻真不能睡了，我披衣下床来到窗前呆呆的对天望着。历乱的星光，沉寂的夜景，假如加上个如眉的新月，不和去年冬天我们游中央公园那夜的景色一般吗？

就在这样的夜里：

月瘦如眉，

星光历乱，

一切喧嚣的声音，

都被摒在别个世界里了。

就在这样的夜里：

我们相搀扶着，

一会伫立在社稷坛的西侧，

一会散步在小河边的老柏树下，

踏碎了柏子，

惊醒了宿鸦，

听得河冰夜裂的声音。

就在这样的夜里：

我们相拥抱着，

说了平日含羞不敢说的话，

拌了嘴，

又陪了罪，

更深深的了解了彼此的心际。

就在这样的夜里：

我们回想到初次见面的情况，

说着想着，

最后是相视而笑了。

爱的神秘，

夜的神秘，

这时节并在一起！

士轸！这不是我们去年的履迹吗？这不是你所称为

极好的写实诗吗？朋友们读了这首诗，不是都很羡慕我们的甜蜜的生活吗？当我望着黑而无际的天空，低低的含泪念着的时候，我觉得那天晚上的情景都在我的眼前再现了。但是情况的再现终究和真的差得远，它来得越甜蜜，我的心越觉得酸苦，越觉得痛楚。现在想使我得安慰，除非你把我拥抱在你的怀里，然而事实上怎样能够哟！

　　士轸！记得吗？在会馆我们初次见面的时候，你从人缝中钻了出来，什么话都不说，先问别人那位是绣华女士。你记得吗？初秋天气，一个很清爽的早晨，我们趁着"鬼东西"在考试，去游三贝子花园。刚进动物园门，阵阵凉风吹来，树林间都发出一种沙刺的声音，我那时因为穿得过少，支持不了这凉风的势力，就紧紧的靠着你走。你开始敢于握我的手，待走到了畅观楼旁绿树丛里，你左手抱着我的右肩，右手拉着我的左手，在那里踱来踱去，几次试着要接吻我，终归不敢。现在老实告诉你吧，士轸！那时我的心神也已经不能自持了，同维特的脚和绿蒂的脚接触时所感受的一样。你记得吗？因为在你室里你抱了我，把脸紧紧贴在我的右腮，我生气了回去写信骂你，你约我在东便门外河沿上道歉。刚相逢的时候，两人都是默默无言，虽肚里装了千言万语，眼里充满了热泪。后来还是你勉强嗫嚅的说："我明知道对于异性的爱恋的本能不应该在你身上发展，你的问题是能解决的，我的问题是不能解决的……但是我不明白为什么对于我不爱的人非教我亲近不可，而对于我的爱人略亲近点，他们就视为大逆不道？……"那时我虽然有些害怕，很诧异你怎的为爱情迷到这步田地，怕我们这段爱史得不着幸福的归结，但是听了你的"假如你承认这种举动对于你是失礼的，我只有自沉在这小河里；只要我们能永久这样，以后我听信你的话，好好读书"，教我心软了，我牺牲自己完成别人的情感，春草似的生遍了我的心田。我仿佛受了什么尊严的天使，立即就允许了你的要求。你记得吗？在这桩事发生后，不久我们又去逛二闸，踏遍了秋郊，寻不到个人们的眼光注射不到的地方。后来还是你借事支开了舟子，躲在芦花深处拥抱了一会，Kiss了几下，那时太阳已快要落了，红光与远山的黛色相映，煊染出片紫色的晚霞来。林头水边也还有它的余光依恋着。满目秋色显出一片无限的萧瑟和悲壮的美，更衬得我们的行为的艺术化了。无何，苍茫的暮色自远而来，水上的波纹也辨不清晰，雪白的鸭儿更早已被人们唤了回去，我们不得不舍陆登舟，重寻来时的途径。我们并肩坐在船板上，我半身都靠在你的怀里，小舟过处，桨儿拨水的声音和芦获的叶子发出的声音相和，宛如人们叹息的声气，但是我们心中的愉快，并不为外物所移。我们偎依得更紧些，有时我想到前途的艰难，我几乎要倒在你怀里哭。你说："我们的爱情是这样神圣纯洁，你还难受吗？"你说："我们立志要实现易卜生，托尔斯泰所不敢实现的……"你记得吗？就在那年冬天，万牲园内宴春楼上，你在我的面前哭着，说除我而外你什么都不信仰……我就是你的上帝……实行××的请求。我回答你："自此而后我除了你外不再爱任何一个人，我们永久是这样，待有了相当时机我们再……"你的目的达到了，温柔的微笑登时在你那还含着余泪的眼上涌现出来，你先用手按着我的双肩，低低的叫我声姐姐，并说我们是……后来你拉我坐在你的怀里。我手摸着你的颈子，你的头部低低垂着，恰恰当我的胸前。你哭诉了你在这个世界上所经历的，所遭逢的，最末一句是，"我自略知人事以来，没有碰到一桩满意的事，只有在我的爱人跟前不曾受过一次委屈……"往事怎堪回首呵！爱的种子何啻痛苦烦恼的源泉，在人们未生之前，造物主已把甜蜜的花和痛苦的刺调得均均匀匀的散布在人生的路上。造物主在造爱的糖果的时候，已将其中掺了痛苦的汁儿呵。不说了吧。……我们的甜蜜生活岂是叙述得尽的？这种情景的回忆，已经将我的心撕碎了，怎忍再教它们撕你的心呢？……爱的人儿啊！……

士轸！我的唯一的爱人！不要为我伤心！哈姆雷特说："只要我的躯壳属我的时候，我终是你的。"我可以对你说，只要我的灵魂还有一星半点儿知觉，我终不负你。

糊涅糊涂地昨天给你写了两大张，此后无论我的精神怎样错乱，我总努力将我每天在这小屋内发生的感想写出来，这种办法我认为是于人无损，于我却有莫大的利益的。因为万一我今生不出这个樊笼，就到别个世界去了，你也可以由此得略知我被拘后的生活情况。我的表妹已自矢奋勇，说将来无论如何总使你看到我这点血泪。唉，我的泪又流了！世间最惨的事，还有过于一个连死在那里的自由都被剥夺了的吗？我现在还不及个已判决死刑而又将就法场的囚徒。因为他可以预先知道

在什么时候什么地方死，好教他的亲人看他咽临终一口
气。我呢，也许当我咽这口气的时候，在我眼前的是我
的不共戴天的仇人。

　　昨晚从给你写了那几句话后，我就勉强躲在床
上，打算平心静气的想法儿逃走，谁知我们的过去的生
活——甜蜜的生活，好像水被地心的吸力吸得不能不就
下似的，在我心中涌出来了。呵，可惜人类的心太污浊
了，最爱拿他们那卑鄙不堪的心，来推测别人。不然我
怕没有一个人，只要他们曾听见过我们这回事，不相信
并且羡慕我们的爱情的纯洁神圣的。试想以两个爱到生
命可以为他们的爱情牺牲的男女青年，相处十几天而除
了拥抱和接吻密谈外，没有丝毫其他的关系，算不算古
今中外爱史中所仅见的？爱的人儿，我愿我们永久别忘
了××旅馆中的最神圣的一夜哟！我们俩第一次上最甜
蜜的爱的功课的一夜。呵。它的神秘和美妙！我含羞的
默默的挨坐在床沿上不肯去睡，你来给我解衣服解到最
里的一层，你代我把已解开的衣服掩了起来，低低的说
道："请你自己解吧……"说罢就远远的站在一边，像
有什么尊严的什么监督着似的……当你抱我在你的怀里
的时候，我虽说曾想到将来家庭会用再强横没有的手段

压迫我们，破坏我们，社会上会怎样非难我们，伏在你怀里哭，可是我真觉得置身在个四无人烟，荆棘塞路，豺虎咆哮的山谷中一样，只有你是可依托的，你真爱我，能救我。……由此我深深永久的承认人们的灵魂的确是纯洁的。这种纯洁只在绝对的无限的实用时方才表现出来。人之所以能为人也就在这点灵魂的纯洁。

当我这样想时，天忽然下了雨了，淅淅沥沥打在窗外的芭蕉叶上，如怨如慕，如泣如诉。我曾竭诚默然的祝道：快下吧，雨呀，下大了把被人类踏践脏了的地面，好好洗净，从新播自由，高尚，纯洁的爱的种子。

我的一生可说为爱情拨弄够了。因为母亲的爱，所以不敢毅然解除和刘家的婚约，所以冒险回来看她老人家。因为情人的爱，所以宁愿牺牲社会上的名誉，天伦的乐趣。这幕惨剧的作者是爱情，扮演给大家看的是我。我真要对上帝起交涉了。以后假如他不能使爱情在各方面都是调和的，我誓要他种一颗种子，我拔一颗爱苗，决不让爱字在这个世界再发现一次。索性让他们残酷得同野兽一样，你食我的肉，我寝你的皮，倒也痛快。

两天不自由的生活使我对于人间的一切明白了解了许多。我发现人类是自私的，纵然物质上可以牺牲自己以为别人，而精神上不妨因为要实现自己由历史环境得来的成见，置别人于不顾。母女可算是世间最亲爱的人，然而她们也不能逃出这个公例。其他更不用说了。又发现人间的关系无论是谁，你受他的栽培，就要受他的裁制。你说对吗？

今晨天忽晴了，阳光射在我的床上，屋内的一切似乎也都添了些生意。可是我的表妹同我的嫂嫂来看我时，都很惊异的说我比昨天憔悴得更多了。我的表妹的大而有光的眼里，更装满了清泪，这也是不足为怪的。好生原来是人类的本能，人生的经途中也不尽是毒蛇猛兽，我们这样轻生的心理原是变态的。

她们因为慰藉我的无聊起见，送了一瓶花来，嫣红姹紫，清香扑鼻。不过我心中的难受由此更加几倍。我想到你送我的海棠花映着灯光娇艳的样儿，想到你在你的小花园内海棠树下读书的情形。花原是爱的象征，你送我的花我都用从心坎上流出来的津液润着。当你在花下读书的时候，我曾用我的灵魂拥抱你。现在呢，送花的人，爱花的人，都为造化小儿拨弄到这步田地，眼看爱的花已经快要枯萎了，还说什么慰藉呢？

下午我又听见我的母亲在对我姐姐谈我们去年春天

规定的计划，并且痛痛的骂我们……士轸呵，伊尔文说每种关于爱情的计划都是可以原谅的，他们的见解怎的却和伊尔文相反呢？……

谢天谢地！我的表妹把我们的消息传通了，不然，我怕我们连死在一处的希望也没有了。可是再告诉你个怕人的消息：就是刘家的儿子今晚十二点钟就到家了（我的表妹说的）。我若不于今晚设法脱离此地，一定要像我说的看我咽最后一口气的人就是我的不共戴天之仇的人。但是事实上……不写明白，你总可猜得明白。

士轸，虽然我们相见的希望还有一丝存在，但是我觉得穿黑衣的神已来我身边了，我们的爱史的末一叶怕就翻到了。我们统共都只活了廿四五年，学问上不能对于社会有所贡献，但是我们的历史确是我们自己应该珍重的。我们的精神我们自己应该佩服的。无论如何我们总未向过我们良心上所不信任的势力乞怜。我们开了为要求恋爱自由而死的血路。我们应将此路的情形指示给青年们，希望他们成功。不遭人忌是庸才，我也不必难受了。我能跑出来同你搬家到大海中住，听悲壮的涛声，看神秘的月色更好，万一不幸我是死了，你千万不要短气，你可以将我们的爱史的前前后后详详细细写出。六百封信，也将它们整好发出。……

　　我的表妹来了，她愿将此信送给你，并告诉我这间房的窗子只隔道墙就是一条僻巷，很可以逾越。今晚十二时你可在墙外候我。

隔绝之后

　　无论是谁处在我现在这样的地位，都要悲痛得心烦意乱的。试想一个从小在一起长大的同伴，活泼泼的忽然死了，并且是自杀的，是多样惨的事啊！但是，这桩事给我的刺激太强了，使我不能不记了下来；至于词句的巧拙，那是我现在顾不到来讲究的了。

　　自从昨天代缛华把那封信送给士轸后，我心中觉得很舒畅，好像积了大功德似的。她也很快乐，以为这种监狱式的生活，不要十几点钟，就可告终了。不过我们俩心中都十二分的着急，如同将开往前敌的军士一样：因为防我的姑妈——她的母亲——的疑心起见，我就劝她不要那样固执了。并且说情人的恩义固然是可宝贵的，但以之与母亲的爱相较，直同石头比黄金一样。她也假装着眼中流了几点眼泪，默默的点了点头，表示她已经回心转意了。我的姑妈见此情形，自是异常欢喜，格外地忙着给她预备成礼那天的衣服和首饰。

晚十点钟后，我的姑妈突然胃痛了，请医生，买药，直到三点多钟，大家方才睡下。我因为心中有事，所以当他们都刚睡着，就偷偷的起来，溜到她的前窗下，只见一盏灯半明不明的燃着。她面朝里，在床上躺着。我登时就狐疑了起来，怎地她这样不知轻重，现在是什么时候，还在做梦吗？三步合二步，匆匆的跑进房内，坐在床沿上，将她的身体一搬，呀！原来她不曾闭眼，只是问她的话，她已不能答应了，只用手往枕头下面乱摸，最后取出一信来给我看。我还忍得看吗？

"亲爱的阿母！我去了！我和你永别了！你是我一生中最爱的最景慕的人。少年抚育之恩未报，怎肯就舍你而去？但是我爱你，我也爱我的爱人，我更爱我的意志自由，在不违背我后二者的范围内，无论你的条件是怎样苛刻，我都可以服从。现在，因为你的爱情教我牺牲了意志自由和我所最不爱的人发生最亲密的关系，我不死怎样？阿母！我姊妹四个，我最淘气，最倔强，阿母不知为我费了多少心血。现在，我可知道点人事了，不但不能好好的侍奉你老人家，并且连累了你受社会上不好的批评。我的罪恶比泰山还要高，东海还要深，你看见我死了，只当我们家谱上去了个污点，千万不要难受！阿母！你也不要怨我，我也不怨你，破坏我们中间的爱情的，是两个不相容的思想的冲突，假如以后这样的冲突不消灭，这种惨剧，决不能绝迹在人类的舞台上。我最亲爱的阿母呵！我最后再向你要求桩事，必待你实行之后，我方才瞑目。就是你看见了这封遗书后，务必到新宾旅馆叫士轸来看我咽最后的一口气！亲爱的哥哥嫂嫂们！都再见吧！我的手软了，不能再写了。"

"万箭钻心"的成语用来形容我那时心中的痛楚，也觉不切了。我没有等看完，我就抱着她大哭起来。

晴空中的霹雳似的，一家人都从梦中惊了起来。一家中上上下下都知道五小姐吃了毒药，都忙得大难临头似的，也可以说同热锅上的蚂蚁一样。但是，他们有什么法？不过请请医生来看看受的是什么毒，好想法来解。其实据医生说，她吃的是几种有毒的化学药品的混合物，解药也是难收效的。

从这时候，我才相信伊尔文的"母亲的爱是超乎一切的"话了。我的姑妈的胃疼，本来刚刚好点，现在又遇着这样不幸的事，当她听见我的哭声，外面的褂子同鞋都来不及穿，就往这边跑。苍白的发，披在枯瘦而且满了皱纹的脸上，深凹的眼睛充满了热泪，颤颤抖抖的把她从我的手中接了过去，儿一声，乖一声的叫。她此时心中大概还清楚，翻着眼朝着她的脸望望，泪也流了。

夏天天亮得早，不到二点钟的光景，东方已经发亮了。始而作鱼腹色，继而上面又添了些绛色的朝霞。窗外的树木发出来的清鲜的气息，隔着窗纱送进来。室内的灯光此时失却它的灿烂的光彩，一种模糊朦胧的光统治了全室内。但是，这样清幽的景色，终于被凄惨的空气战败了。她的气色更不如从前了，目中的光彩也失却了。医生说她的生命至多不过延长一点钟。

忽然听差在外面说了声有客，还未待里面的回音，一个清瘦的面色灰白的青年走了进来。由他无光彩的眼睛，匆促错落的行动，可判断他的神经差不多已经错乱极了。他此时好像不觉屋内还有别人，更不觉她的半身是躺在我姑妈的怀里，进了门，直向床前跑，跑到床前一瞥见她那种惨淡的景色，便一只手放在她的头下——我的姑妈的手上——一只手抚着她的心窝，极热烈的在她没有血色的唇上接了个吻。低低的叫道："缋华！你的士轸在这里！……我们终是胜利的。"

此外并不曾说什么，只两只眼呆呆的看着她的脸。

她的眼有时也勉强睁一下，嘴唇也勉强动一动，但是不能成声。

大家——尤其是我的姑妈——都被爱神的魔力镇慑着了，望着这对不幸的爱人只是泪珠满面，你看我，我看你，没有一个人敢哼出个干涉的字眼。室内沉寂得绣花针儿落在地上也可以听得出声音。但是气象之惨比经过兵变的荒村还要十倍。黑夜内经过丛冢，也没有这样可怕。

她的气息随着钟上的秒针走的声音，渐渐微了。他此时也不怎样落泪，只在袖中抹了点东西，放在口内吃了下去。短针在四与五之间，长针正和它成个直线，他们在人世间的使命算完结了。她终归一句别的话也没说，他只说了句"等我一等"。

他们两人的订交是在我考进女子大学那年的冬天，他们双方的介绍人就是一个文学会。因为士轸在文学会的出版物上读了她的作品，一颗爱种从此便深深的种在心灵深处，士轸虽不是专门研究文学的人，然以他得天独厚，无论是说句话，写封信，都自有一种清秀之气流露于笔下舌尖，所以他的一番痴情，并未白用，不到三年，他已将她对于异性的爱情赢了来。他们互相勉励着，他说，她就是他的上帝，他的一切都交付她了。她说，她为他可以牺牲世间一切权利，只要他的心不变。

恋爱的路上的玫瑰花是血染的，爱史的最后一叶是血写的，爱的歌曲的最终一阕是失望的呼声。她在未解人事以前，由她的父母代她找了个土财主的儿子作了未婚夫。他也在中学毕业后，和个素未相识的女子结了婚。但是这样的环境，对于他们爱的花是肥料，不是沙砾；对于他们爱的火是油，不是水。他们自愿为争恋爱自由而牺牲的先声，他们常说，纵然老虎来吃他们，他们也要携手并肩的葬在老虎的肚里。

缛华是天性最厚的人，对她母亲最为孝顺，但她的母亲，却以年纪上的关系，要她和那个土财主的儿子结婚。服从了母亲的话，爱人和意志自由便要受委屈了，不然，母亲又要伤心。这种矛盾的爱情，在她肚内争雄称霸，差不多有六年之久。这就是她精神上痛苦的来源，也就是她在北京六年不归的主因。

但是从前她总有托辞，说路上荒乱，不便归省。今年暑假，她的哥哥从德国回来了，在省垣任事，把她的母亲接了出来。她老母遂左一封信，右一封信催她回省。

她明知她母亲要她回去的意思，不只是想叙六年阔

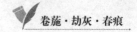

别之情，回去不啻自投网罗。但她说爱情都是绝对的，无限的，决不能因为甲部分牺牲乙部分。她竟为母亲的爱而冒险了。她竟被她母亲幽禁起来了。士轸虽是同她一起去的，但也被隔绝了。

她被禁的生活只过了三整天。最后这一天，因为嫁期已近，她特请我转信给士轸说：她晚上要跳墙逃走。这就是我在前面所说的那封信，谁知晚上她的母亲闹病，一家未睡。她未得逃脱，就将她回来时带的药吃了。

这是多么凄惨的一幕悲剧啊，尤其是对于一个从小在一起长大的同伴！我的心烦乱得麻一般的了。

旅　行

人们作的事，没有所谓经济的和不经济的。二者的区别全在于批评的观察点是怎样。就如我们这次旅行吧，在别的人看来，也许是最不经济，因为我们所打的旅行的旗帜也和别的旅行者一样的冠冕堂皇，而事实上却是醉翁之意不在酒，白白地每人旷了一个多礼拜的课，费了好多的钱。但就他方面想——我们都是这样想的——这一个多礼拜的生活，在我们生命之流中，是怎样伟大的波澜，在我们生命之火中，是怎样灿烂的星花！拿一两个礼拜的光阴和几十块钱，作这样贵重的东西的代价，可以说是天下再没有的便宜事。

这是很能使我奇怪的。同行的计划虽是由他提出的，然也得过我的同意，并且为了要使这个计划实现，我还费了无限心机，去骗平素很相信我的人。那知计划虽实现了，我们俩虽能促膝谈心了，而我又觉得周身都不自在起来，同平常见了不相识的阔太太们一样的不自在。固然我们也是有说有笑的，但我却发现了这些谈笑不是从心坎中流露出来，是用来点缀寂寞的场面的。

在我们俩座位中间，放的是件行李，它可以说是我们的"界牌"，也可以说是我们彼此注视的目光所必经过的桥梁。假使目光由此过彼，也像人们走路似的必须经过相当的空间。

我很想拉他的手，但是我不敢，我只敢在间或车上的电灯被震动而失去它的光的时候，因为我害怕那些搭客们的注意。可是我们又自己觉得很骄傲的，我们不客气的以全车中最尊贵的人自命。他们那些人不尽是举止粗野，毫不文雅，其中也有很阔气的，而他们所以仆仆风尘的目的是要完成名利的使命，我们的目的却要完成爱的使命。他们所要求的世界是要黄金铺地玉作梁的，我们所要求的世界是要清明的月儿和灿烂的星斗作盖，而莲馨花满地的。不过同时我又这样想想，如果他们不是这样粗俗，也许要注意我们的行动，恐怕我们连相视而笑的自由也被剥夺了。

去年暑假他回家的时候，曾报告过沿途在火车中看见的景物。他说："在日光下的景物，仿佛是幅着色的五彩图画。月光下的景物则似淡墨画的。"这天因为天气不很好，他的话都未被证实。可是又因为微阴的缘故，在浮云稀薄处露出淡黄色的阳光及空气中所含的水气，把火车的烟筒中喷出的烟作成了弹熟的棉花似的白而且轻的气体。微风过处，由小而大的一团一团的渐渐分散，只余最后的一点儿荡漾空际。那种飘忽，氤氲，缥缈，若即若离的状态，我想只有人们幻想中的穿雾縠冰绡的女神，在怕惊醒了她的爱人的安眠而轻轻走脱时的样儿可以仿佛一二呵。它是这样的美丽呵，怎样的轻软呵！如果我们的生活也像这样，那是多么好呵。

在将到目的地点的时候，他的面孔上不知为什么渐渐显出极紧张的样儿，虽然他那双眼睛里充满了愉快的希望似的，而且不时的伏在我们中间的那件行李上对我极温柔的微笑。此时他所最爱说的话，就是到那里恐怕已是十点多了，吃吃饭，收拾收拾东西，我们只能有六个钟头休息的时间。每一站路他总要把他的小表从衣袋中摸出三五次，来看上面的针已走到那里了。时间若不是冷酷的铁面无私的，怕要受他的运动而改日常的步骤。我呢，我此时也体验不出这样的变态心理，我只觉得对于晚上将要实现的情况很可怕，——但是仅仅用害

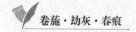

怕二字来形容我所觉得的也不曾妥当，因为害怕的情绪中，实含有希望的成分。

这是很自然的，彼此都有些害羞，两个青年男女初次住在一起的时候。我所稀奇的就是，我们既经相爱到这样程度，还是未能免俗。当他把两条被子铺成两条被窝，催我休息的时候，不知为什么那样害怕，那样含羞，那样伤心，低着头在床沿上足足坐了一刻多钟。他代我解衣服上的扣子，解到只剩最里面的一层了，他低低的叫着我的名字，说："这一层我可不能解了。"他好像受了神圣尊严的监督似的，同个教徒祷告上帝降福给他一样，极虔敬的离开我，远远的站着。我不用说，也是受着同样的感动——我相信我们这种感动是最高的灵魂的表现，同时也是纯洁的爱情的表现，这是有心房的颤动和滴在襟上的热泪可以作证据的。他把我抱在他怀里的时候，我周身的血脉都同沸了一样，种种问题在我脑海中彼起此伏的乱翻。我想到我的一生的前途，想到他的家庭的情况，别人知道了这回事要怎样批评，我的母亲听见了这批评怎样的伤心，我哭了，抽抽咽咽的哭。但另一方面我觉得好像独立在黑洞洞的广漠之野，除了他以外没有第二个人来保护我，因而对于他的拥抱，也没有拒绝的勇气。到底此时他发生了什么感想，他也不曾告诉我。但依据我的感想，他至少也要同泰戈尔所做的《尊严之夜》的主角"我"，所谓此时此际Surabala脱离了世界而来到"我"这里了。

在我们所住的那个旅馆里住的客，大都是社会上说的阔人，差不多可以说没有第三个学生可以在此处发现，除了我们俩。可是我们要住在这样的旅馆的原因，也就是为此。

当我们离京的时候，因为同住的问题，我曾大大的难过他一次。此次南来他所带的卧具，只有一床很薄的被同一条毯子，虽然他极力辩护说是走时匆促忘带了，他的用意我却早明白了。不过当时我却这样想：那怕他一床被子都不带，我给他向旅馆赁都可以，那样是不成的。不断计算的结果还是输给他了。

他那一间房简直是作样子的，充其量也只是他的会客室而已。起初我自然是很难以为情，尤其是当他的朋友来找他，他从我的房里出来会他们，和我的表妹来看我，他在我的房里读书的时候，后来也就安之若素了。好像我们就是……其实除了法律同……的关系外，我们相爱的程度可以说已超过一切人间的关系，别说……

　　因为要作样子，只好把被子分出两床铺在他那间房屋的床上。结果弄得我们两人就只剩一床被了，而他的知友又不在此，只好由我向我的表妹借来。有一天她又来看我，刚刚他的被子在我的床上放着。没有法子我就对她扯谎，说这是向旅馆赁的。因为我的被子弄脏了，拿出去洗去。呵，我怎样成了这样虚伪的人呢，我现在发现这也是不得自由的结果。

　　爱情发展的程序，最初是任何一方面先向对手那方面表示爱的意思，再进时两方面对爱，最后是你也怕我别有所爱，我也怕你别有所爱，于是乎就有了嫉妒心。所以嫉妒心的轻重，实与相爱的程度的深浅为正比例。"爱情是自私的"一条定律，怕就是据此而成的。他同我谈起话来常要求我不要再爱别人，纵然他的躯壳已经消灭了。因为万一死而有知，他的灵魂会难受的。我素来是十二万分反对男子们为了同别一个女子发生恋爱，就把他的妻子弃之如遗，教她去"上山采蘼芜"的。我认为这是世间再不人道没有的行为，并且还亲自作过剧本来描画过这般男子的像。但是现在我觉得那人是我的情敌，虽然我明知道他们中间只有旧礼教旧习惯造成的关系。我觉得我们现在已经到了不可分离的程度，而要减少他在法律上的罪名与我们在社会上得来的不好的批评，只要把他们中间名义上的关系取消。怎么我的心会这样险！怎么这样不同情于我们女子呵！我明知道是不应该的，但我不能否认我心里真希望他们……

一切，一切，世间的一切我们此时已统统忘掉了。爱的种子已在我的心中开了美丽的花了。房中——我们的小世界——的空气，已为爱所充满了，我们只知道相偎倚时的微笑，唧唧的细语，甜蜜热烈的接吻，我的旗子上写些什么也是不足轻重的。读书也只是用以点缀爱的世界中的景色，别人对于我们这样行为要说闲话，要说贬损我们人格的闲话，我们的家庭知道了要视为大逆不道。我们统统想得到，然而我们只当他们是道旁的荆棘，虽然是能将我们的衣服挂破些，可是不能阻止我们的进行的。

再就别种事实上说，我们的爱情肉体方面的表现，也只是限于相偎倚时的微笑，唧唧的细语，甜蜜热烈的接吻吧。我知道别的人，无论是谁都不会相信。饮食男女原是人类的本能，大家都称柳下惠坐怀不乱为难能，但坐怀比较夜夜同衾共枕，拥抱睡眠怎样？不过我以为不信我的话的人并不是有意轻蔑我们，是他不曾和纯洁

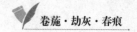

的爱情接触过，他不知道爱情能使人不做他爱人不同意的事，无论这事是他怎样企慕的。

我总是不喜欢他出去，无论是买东西，或瞧朋友。这里面的原因一方面固由于怕他跑得心野了，抛荒他的功课。他方面实为我自己怕受独处的寂寞。有一次我正在好好的读书，他忽然因事出去了，我也昏昏的伏在桌上睡着。到我醒时，发现我已在他怀里。所以我总把他爱出去这回事当他的短处看待。这天晚上他又九点多钟才回来，而第二天所应作的事一点也不曾预备。当他未回来的时候我真气极了。我把他所要看的书都拣出送到他的房里，并且打算如果他到十点还不曾回来，就教茶房把火盆送到他那里，我自己闭门高卧了。九点多钟他回来了，一看头绪不对，半句话也不敢多说，拿本书就坐到我对面的椅子上读。读了一会，觉得这样还不是事，又起来同我温存。我始终板着面孔不理他。他真急了，这未到一点钟之久，凡可以使我安慰的方法，几乎都用尽了。结果还是爱神出来排难纠纷，我略微退让了些，这桩事才算了。后来我问他："假如你回来时，我已经关上了门睡了，你怎么样？"他说："我就站在门外候一夜。"不过如果他真那样做下去，旅馆的人怕要以为他得神经病了。

我最恨灯光，它把我们相拥抱时的影子都映在窗帘子上。爱的图画原只配深藏艺术之王国的宝库里，怎可让它留下痕迹在人间呵！

这是多么不幸呵，我的爱的图画竟于人间留了痕迹了。在我们将走的前一两天，已有好多人注意我们同住这回事了。这并不是我多心。他们每问我在什么地方住的时候，辞意中都含着讥笑的神气。他们送了他好多不好的批评，说他是个大骗子，这些话使他很伤心——自然我也是同样——他说他什么都可以牺牲，可以不要，但他不能离开他的爱人。我们所要求的爱是绝对的无限的。我们只有让它自由发展，决不能使它受委屈，为讨旧礼教旧习惯的好。在新旧交替的时期，与其作已经宣告破产的礼法的降服者，不如作个方生的主义真理的牺牲者。万一各方面的压力过大了，我们不能抵抗时，我们就向无垠的海洋沉下去，在此时我们还是彼此拥抱着。"爱的人儿"（此时他在床上横着睡下，我在床沿上坐着，彼此紧紧的拉着手。）"要是将来他们把我诽谤得不为人所齿，你怎样呢？"唉，匹夫无罪，怀璧其罪，他有什么地方开罪他们，他们现在拼命地骂他，不是为的我吗？固然这是胜利的悲哀，然而"伯仁由我而死"，我应该作何感想？我将他紧紧的抱了，回答他："我们是永久相爱的。"在这彼此拥抱的时间内，我似觉得大难已经临头了，各面的压力已经挟了崩山倒海的势力来征服我们了。我想到了如山如陵的洪涛巨波是怎样雄伟，黄昏淡月中，碧水静静的流着的景色是怎样神秘幽妙，我们相抱着向里面另寻实现绝对的爱的世界的行为是怎样悲壮神圣，我不怕，一点也不怕！人生原是要自由的，原是要艺术化的，天下最光荣的事，还有过于殉爱的使命吗？总而言之，无论别人怎样说长道短，我总不以为我们的行为是荒谬的。退一步说，纵然我们这行为太浪漫了，那也是不良的婚姻制度的结果，我们头可断，不可负也不敢负这样的责任。

因为家庭方面的关系，他对于这两天外面对于我们的批评，不能不着急，所以在走的头一天晚上，他去访他的知友讨论怎样对付这回事。他是五点多钟出去的，直到晚上十一点钟才回来。这几个钟头里，我真饱尝了待人的滋味。风是冷的，灯是很无光的。我们这个小世界里，都是寂寞的，只有我的心弦是紧张的，不住在那里计算他什么时候可以回来。每听见窗外的走路声，总使我"可是他回来了吧？"的想一次。他回来后，同我望了阵月，吃了几个元宵，就忙着消受我们这最后一夜了。

时光老人真是残酷的，梦也似的十天甜蜜的生活又快完了，我们在此只能留一夜了。这一夜应该怎样过，在下午同我的朋友谈话时，已偷偷的在张纸上写了好几遍，其实既没有停止时间使它不要快快过去的能力，无论怎样计算，都是枉然的。再进一步说，若不能使时间进行的步骤与我们上爱的功课所需要的一致时，纵然能使不快快的过去，也是枉然的。这一夜里我们都几乎不曾安眠，我们用了各种各样亲密的称呼叫着，我们商量回去后怎样好好读书。要不是怕我表妹清早来送行撞见了不雅，怕要到十一点才起床呢。

除了我们俩之外，知道我们这十天生活最真的，只有旅馆的茶房，他每次给我们送东西进来的时候，总先要作个使我们知道他来了的表示，出去的时候总把房门给我们关起来。不过我想关于我们的关系，他总要觉得很奇怪的。我们占了两间房，并且我们告诉查店的警察说我们是同学，而我们却亲密到这步田地。世间种种惨剧的大部分都是由不自然的人与人间的关系造出来。我们的爱情愿不要那种不自然的关系的头衔加上。

　　我们在×州车站上遇见了一位上北京的朋友，曾托他代买车票，所以上车的时候他教我同这位朋友先上车去占地方，他随后递东西上来。谁想我们上车后，竟被挤得再也不能见面了。直到车开行好久方才找到。当我看不见他的时候，不知怎样心中感到一种说不出的不安；找到他了，坐在他面前的行李上，面对面的拉着手，我又觉得同经过大难分散之后，又冒着千辛万苦聚在一起似的。怎样弄的呵，我们竟爱得成这样了。

　　北京到了，我们自然是照旧的——未旅行以前的——生活状态过下去。这次旅行的结果，对于我的身心两方面的影响，没有别的，只是头昏了，心乱了好几天，并且对待别人，无论是谁，都觉感情不能似从前那样的专。三天后，他来了电话，说："往事不堪回首！"

慈　母

慈母手中线，游子身上衣；

临行密密缝，意恐迟迟归。

谁言寸草心，报得三春晖？

　　　　　　　——孟郊《游子吟》

　　我已经在北京整整住了六年了，我不但常把北京当作故乡看待，故乡的影儿在我的心中也渐渐的模糊暗淡了。我常说北京仿佛是我的情人，故乡仿佛是我的慈母；我便是为了两性的爱，忘记了母女的爱的放荡青年。

　　朋友们也曾劝过我回家，我总是一笑。她们说得略为恳切点，我的答话便是："你们还不知道我的家乡土匪的多吗？'蜀道之难难于上青天。'回我的家乡，比往四川还难呢！"如果她们用种种方法把我驳倒，没有再辩的余地时，我便声泪俱下的说："你们还不知道我的身世吗？难道你们愿意我被迫嫁……？"她们见我如此，又怕把我从前稀奇古怪的病症弄发了，只好中止。她们住了声，我也住了声，依旧高兴了便读书，不高兴了便同朋友游玩。和我不相得的人们，便从而飞短流长，我听见了也只一笑。但是回想起六年前离家时的情形：亲爱的母亲虽然允许我同两位哥哥来北京，然从此后整天她总是沉默的时候多。当我们从乡下往城里去的一天，她同我们坐着牛车走了一半路程，在舅母家吃了一顿午饭，饭后我们又上车走的时候，她便不见了。送我们的只有舅母和表妹。她们很高兴地庆贺我有上京读书的机会，我也很高兴的照例谦虚了几句。晚上到城里见了伯父伯母，第二天便同故乡告别了。——想起这种情形便觉得人生空幻得同梦里轻烟一样，心中好像缺少了什么，四周的空气都是死沉沉的。

时机越过越紧迫，我虽颓然自放，用种种不合宜的方法来消耗我的生活力，竭力把故乡的好处除草似的从记忆的领土中一根一根往外拔，然而阿母决意不让我在外边过这只身的浪漫生活。我虽然是个弱者，也还有保全个人的自由而脱离家庭的勇气。我能穿朴素的衣服，能吃粗粝的饭，自食其力也不是什么难事。但一想到她老人家万一为此而些微有点山高水低，我的心都碎了，血也冷了，进既不得，退也不能，于是我万念俱灰了，从前有时感到的死气沉沉的空气，较前更坏了。铅般的重，向我身上压来，我不再玩了，不再说笑了。碧云寺的松涛，玉泉山的清泉，都让它们自己去领略它们的自然的美妙去。我觉得人类是自私的，就是嫡亲的母子也逃不了这个公例。我诅咒道德，我诅咒人间的一切，尤其诅咒生，赞美死，恨不得把整个的宇宙，用大火烧过，大水冲过，然后再重新建造。……想到极端的时候，不是狂笑就是痛哭。

阿兄们都回国了，在省城内安下了家，接了母亲出来，省得在乡里担惊受怕。嫂嫂们听了这个消息，自是喜之不尽，不待放假，学校一考完便回家去了。我呢？只有当面陪笑，暗地里落泪。老母亲到省城，我不得再借口于路上不好走而不回家。所以在别人看这样是家人团聚的好消息，我却看作催这场家庭悲剧开幕的鼓掌声。不体谅我的人们，三番四覆的来信，问我那天回去，我只有一味鬼扯，阿母来信，我因为无话可答，只好装做不曾接到。但是人们谁能知道我这难言之痛？

…………

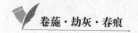

　　阿母到此因不见妹回来，甚为失望愤怒。

　　兄等虽曾为妹说项，但伊意甚为坚执，并谓妹
若不来，伊即进京……

　　这是九月三号接到的阿兄的来信。

　　悲剧开幕了，悲剧开幕了，我读罢这信后，始而仰
天大哭，继则呆若木鸡。待到同香谷去找我如的时候，
我坐在车上，只想着我将来自杀应取怎样的手续，我的
遗书怎样写，我的东西应归什么人管，我的爱人见我没
有了将怎样伤痛……天边的晚霞，将用以来表我为自由
流的血，树林的风声，将成了我的挽歌，一切一切都和
我诀别了。我将静静的睡在白杨树下，冷眼看这鬼蜮世
界的炎凉沧桑……

　　夜气沉山，星光历乱，公园里黑洞洞的柏树林下，
我们三人作三角形的站着。我如是仓猝之间被我们抓来
的，本已不知是怎么一回事，又见我们神经错乱的样
子，更手足不知所措了。我呢？一只手紧紧握着我如的
手，一只手抚着香谷的肩，气愤填胸，只有抽噎的分
儿，一句话也不能说。只有香谷遇事还镇静点，但此时
说话也是上气不接下气的，勉强将这件意外的事——也

可以说是意内的事——报告给袤如。

商酌的结果，第一步先发几封快信给阿兄及在省的知友绍尧等，请他们详细报告她老人家对于婚事的意见，第二步如果不得意而回去的时候，也是三人同往。香谷同我到省，万一有意外事故发生，则我即不辞而别，留她在家作押头，以释她老人家的疑心，免得立时即去车站追我。袤如在中途等候，如果第一个方案失败了，他便到省营救，换句话说，实行那"不能同生便当同死"的誓言。

五日后，阿兄及绍尧的信都回来了，都力主我回去。在刚接到这些信的时候，我的心似乎很镇静，曾经劝过袤如说："这不过是人生中一个小问题，怎样做人，才是我们必须研究的题目呢！"但是既上火车后，我忽觉前途的黑暗了。我不是向生处走着，是向死处在走。在他们竭力用话安慰我的时候，我竟沉默到把整个世界全忘了的地步。虽然有时候较为清醒点，也间或向他们笑过几次，但是含泪的微笑更使他们灵魂深处都感觉着悲哀同寂寞。一站一站火车离我们今晚所要到的地方近了，一层一层我灵魂上的伤口裂得大了。固然三人都相对无言，但个个心上都像受了什么神祇的启示。我

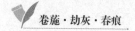
们这个小世界的末日快到了，就在眼前了。

固然我自认我这种行为是旧婚制压迫的反动，但同时我也不能否认，我这种行为是保护爱情的尊严的。假如这桩事的结果不是出乎我们意料之外，我们晚上住的地方，不独是我同莪如这幕恋爱的悲剧开幕的地点，同时也将是它闭幕的所在。当我在旅馆里心痛如割的时候，香谷给我用热手巾擦胸，他哭丧着灰白的脸，坐在我的床边上，现出一种不知所措的样子。我因为香谷在旁，他不便在这里，教他出去。他也没有说什么，只在掀门帘出去的时候，回头来尽力的望了我一眼。三点钟打过了，香谷因为倦不过，先休息了。我挣扎起来向他房里取笔纸，给我的母亲写最后的一封信，预备将来不辞而别时好发。他一见我，便抱着我哭了。我自然也哭了。我们便相抱着哭。但因为怕惊动了别人，虽是心中痛楚，喉中哽咽，眼中流泪，总不敢出声。我们吃力的拥抱着，我们直抱到无可再紧的地步，彼此都可以听见心房急遽的跳的声音。彼此都很沉默，他只说了几次：

"无论你怎样都陪你。"

"如果我们不得相抱向海中跳怎样？"

　　我一声也没响，我的回话是紧紧的把心口贴在他的心口上，同他很恳挚而又非常尊严的，接了几次吻，将要永诀的吻。

　　次早七点多钟，又乘着车儿向东进发，我的神经也许已经麻木了。虽然有时心里异常恐怖同小羊宛转于屠夫的刀下似的，但有时也似乎很恬静。最使我感到生离的悲哀的，就是他在车站桥头上给我的最后一瞥。

　　车行这段路本来只有四小站，在我们这心怀鬼胎的人，更觉得是一刹那间便到了必须下车的地方了。可怜我们下车后，竟像亡命之徒，回到故国警备森严的首都，重谋起事一样。不但在路上是藏藏躲躲的怕那家的熟人看见了，打我的主意，就是我的家也需到三五个可靠的朋友家中问了日来的情形，方敢回去。

　　大着胆子把家里的门敲开了，谁料给我开门的不是别人，就是我的老母。在这悲喜恐惧三种感情交杂的一刹那间，我觉察得我的微小的灵魂，已被由她那衰老憔悴的身躯中射出的伟大的母性的爱威慑——无宁说是感化——着了。我再不防备一切意外的事，亲亲切切的瞻仰她别后的容颜。她的精神大不似六年前的矍铄，面庞也清瘦得多了，并且添了无数的皱纹——为子女辛勤的遗痕，——头发虽只是苍白，可是已短得难以绕成髻儿了。加以穿的是乡间又长又大的家机的深蓝衣服，袖摇襟摆，更显得步履的艰难来。但是她一开门见回来的是我，便笑得几个不完全的牙齿都露出来了，同时眼中又充满了莹晶的老泪。虽然她对于来客——我告诉她说香谷是我的同学，往某处作事顺便来此地玩玩的——表示了十二分欢迎的意思，可是此时她的精神实在来不及。她似乎已把全世界都忘了，只为她这一个女儿忙，来客好像不暇兼顾。她唤出我的哥哥同侄儿们来，和我相见，让我们到屋里坐，拿各种点心给我们吃，叫厨子快给我们煮饭，听差到车站上给我们取行李，问我从前害的那些希奇古怪的病，都好了不曾。她说已经不大认识我了，我的身材同面庞都变大了，幸喜得声音还不大差……又说各校已快开学了，她自分是不能即刻见我了，不想我竟然回来了……总而言之，她此刻的精神简直活泼得像三四十岁的人似的。虽然是岁数不饶人，行动总是颤巍巍的，就在这颤巍巍的动作上更显出了世间唯一的、绝对的、神圣的母亲的爱。在这无限的爱情面前，我的精神起了异样的作用，凡感官所接触的都觉得空泛，同梦一样。我自己判决凡以世间一般的险诈的心理，来推测母亲的罪过，比扰乱公众治安的罪过还大。因为后者是在人的面前犯罪，前者是在上帝面前犯罪。要不怕她老人家一时不知个中原委吓着，我便要跪在她的面前，请她自己处置，以减轻我在上帝面前的罪恶。

　　第二天香谷见不至有意外变故发生，便走了。第三天的晚上我们母女兄妹们坐在一处谈心，各人都细细叙述六年的离情别绪，方知她老人家所以急于星火的要见我，甚至于对我生气失望的并不是为的那婚事。她最不满于我的是我这一年来不常给家中写信，也不向家中要钱。因为她以为这是能自立了，要和家中断绝关系的证据。她最沉痛的话是："这一年来你也再不向家中要钱了，也不知你在外面是怎样的过活，我为此常常伤心。五年多的操劳，我都不感到辛苦，就这半年多的忧伤使我老成这个样儿。我想我这次到省了，路也近了，无论怎样我总把你找回来问问你为什么对我这样。就是我不好，我对不起你，我们娘儿们也到一块儿大吵一阵，义断恩绝的走了，也是痛快的……"此刻我的心深深的感觉隔膜的可怕了。我又将我要同那家解除婚约的理由极委婉的向她说了，她也不曾大生气。在我说得轻的时候，她便用劝诫的口气说些什么人当乐天知命的话。我说到沉痛处，我哭了，她便默默无言的陪我哭。她只说了这样的几句话："你们要代我想，我要是这样做了，怎有脸再见你们的伯叔们。……但是我虽想得到而没有勇气去做。把你强送去……我心中不忍看你受委屈。……你们若以你们主意为是，你们便照你们所认为是的做去，我这个老人任她难受去吧！……"她拉着我的手，揽我在怀里，这样说，说完了，便又沉默了，时而仰头，时而摇头，时而长叹。一更二更打过了，哥哥们都散去了，小侄们更是睡得正浓的，四邻的人声也都消沉，她还是拉着我的手，坐着，搜寻来解决这个难题的方法。

一天晚上，一个月瘦如眉，星光历乱的晚上，我们一家都在院里吃晚饭，饭后我的嫂嫂和我的表妹不曾离开原来的座位，便闲谈起来了。她们的声音非常的细微，已经走开的我们听不清说的什么，只有时听见一阵阵笑声。走到园子里了，我母亲靠着西屋的墙站着，我的哥哥和小侄们前后左右把她围了起来。小侄们是跟祖母惯的，都牵着衣袖的闹着，请她讲牛郎织女的故事。正在说的时候，他们都恭敬的听着。故事说完了，他们的小而且黑的眼仁里，便充满了惊异的光彩，似乎在揣摩牛郎织女洗浴以及他们俩相爱的情况。故事听完后，阿兄又教他们唱浅而有趣的歌，作简单的舞蹈，虽然他们作得不很合节奏。然而清脆的歌声，肥短而甚活泼的手足的舞蹈，天真烂漫的神气，已经越过了人间一切的艺术了。阿母看了大笑，我们也很高兴。天上的小星儿也似乎得了爱的喜悦，在那里闪闪烁烁的。我们在母亲面前是孩子，小侄们在我们的面前又是孩子，家人的爱——尤其是母亲的爱——把这三代人紧紧的连在一起了。假如我是个大诗人，宇宙间一切的美丽伟大我不歌颂，我只歌颂在爱的光中的和乐家庭。

我又要离家北上了，这天因为哥哥和嫂嫂们都有事，只送我到了门口；送我到车站的，只有我母亲同个女仆，带三个小孩。可怜为了这样个没出息的女儿，她老人家整整在人声喧嚣，污秽不堪的车站里，站了两个钟头。当我们在站着候车的时候，一个卖糖果的过来了，她便买了几块分给我同小侄们。在这糖的甜蜜的滋味中，我又领略了母亲的爱，原来在母亲的眼中无论怎样大的人，都是极小的小孩子呵。火车到了，和我同行的几位来招呼了，她便向他们说："劳先生们的情，沿

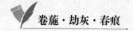

路照应照应。"向我说:"同先生们去吧,我也回去了。"就头也不回的颤巍巍的同女仆带着小孩们离站了。我在车窗中张望了好几次,都不曾看见她的影子,只见别人挥巾祝他们的朋友平安……

误　点

　　"我以为我自己是世间最应该被诅咒的人！最应该受人凌辱的人！因为我自己承认我是个弱者，我的烦恼都是自讨的。弱者之应受人凌辱是世界上的天经地义，这条定义放之四海而皆准；善于自讨烦恼的人，走遍天涯也寻不出欢乐的种子。慈母的爱，情人的爱，两种爱构成了幕互相冲突的悲剧，特聘我来扮演这幕戏的主角；使我精神上感到五牛分尸般的痛苦。抛不下恋爱的悱恻缠绵的浪漫生活，舍不了我的刻板拘泥而诚挚朴实的家庭！人们的心田中何以会生出这互相冲突的爱？谁知道——天知道。蹈白刃，冒矢石，死而不悔的，未必是强者，认定自己的目标，不受爱的拨弄的，方是强者。高车驷马，锦衣玉食的，未必是世间最幸福的人；最幸福的人，是各面的爱都谐和一致。爱是人们的宇宙，爱是人们的空气，食料……一切圆满的生活，必建筑于爱

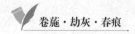
的圆满上。"

这样的一个晚上，继之扮演的人生悲剧开演了。

继之近来同她旧同学及旧师长们组织了个聚餐会。这个会每月举行一次。阴历九月廿四这天晚上又照例举行聚餐。不过这次作东的不是她的同学，而是她的几位先生，而且叙餐的所在又是××饭店。

虽然这场宴会只是师友们聚餐，并无外客，但继之的同学们现在已非复当年作苦学生时的穷酸故态——自然学生中也有不穷酸的。有的是校长、教员，或实任博士夫人，或候补教授夫人；自然都是举止豪华，衣冠都丽。继之素以"拖拉"有声于师友间，今天却大有"吾从众"之想。泥金色的缎旗袍，褐色的高底皮鞋，浅红的长丝袜——把她的天字第一号"行头"妆扮上。并请渊如给她梳个好髻子；恭恭敬敬的薄施了脂粉；用两把镜子左右前后照了足，方乘车向××饭店进发。

××饭店在北京也算个知名的中西菜馆。你如果黑夜从那街上经过，隔着黑洞洞的树木，就可以看见该菜馆门口的电灯；大者如明月，小者如繁星。里面的布置也还可观。地下有雅丽而松软的地毯；壁上有西洋名家的油画，美人或风景，台上有雪白的，抽丝兼绣花的台单，供着芳芬四溢，含羞欲笑的鲜花。

　　孤僻落漠的继之，此时也为这繁华富丽，满含着春意的境地所陶醉了。再望望同学们，许是为尊重主人罢，精神较平日格外振作，服饰较平日格外鲜明。娇小玲珑的阿瑜，本来就是风流俊俏的时髦小姐，今晚索性穿了套粉红印度缎的衣裙，倍显得面如娇花，臂如雪藕，颈如蜻蜓。珠子穿成的衣边，珍珠项圈，钻石镶成的压发，在电灯下直闪闪发光，娇滴滴的坐在她的伟岸如雄狮般的未婚夫迪光先生旁边，真如雏燕之依人。陈子蕙却是另一种丰采。浅碧色的绣白花的轻纱西服；二寸左右高的高跟镂花漆皮鞋；时式的玳瑁边眼镜；剪短的头烫得左右前后都是"云子钩"般轻轻鬈起来；说起话来，夹杂三五句英语，声音清婉而流利；走起路来，腰板挺得笔直：谁看见都以为是美国大学的女博士。余若老练圆滑的晋蕴芳、沉默寡言的梁次珪、放诞不羁老而益壮的陶梦沄等等都各有她们的特殊丰采和装束；但都不似阿瑜、子蕙志在发扬东西文化，要以漂亮称雄于当晚的宴会上。

　　先生们也各自有他们的特点。老诗人芝庵先生仍然是那种清癯绝俗的梅鹤风格，对着他认为志趣不合的学生，除了几句不可少的寒暄外，别打算教他开一下口，遇到他的得意门生，便谈得四座风生，谈得越起劲，酒也喝得越劲。志一先生仍然是那样嫉世愤俗，臧否人物。"黎先生，你说现在的军阀那个好些？"或"先生，先生，国立几个大学可有开学的日期？"假设有人这样一问，他不论问者是谁，照例先理理他的半寸来长的小胡子，头摇几摇，喟然叹息一声，然后开始发挥他的妙论，直说得额上的青筋都勃勃的突起来了，口中大有流沫之势方止。克恭先生，小说的作家，仍然是风流自喜，跌宕不羁，那个学生的性格，他都分析得清清楚楚，他对她们都有恰如其分的酬答。迪光先生仍然是话未出口，先将嘴一裂："这是要以心理为根据的。"十句话中他总要加上这样一句不离本行的话。

谈谈笑笑，吃吃喝喝，席散时已经十点多了。陈子蕙的学校同继之的宿舍很近，所以她俩同走。她俩都未乘洋车，顺着大街，在树下且谈且走。那时恰是阴历九月初三四间，虽然天边有一弯眉样的新月，但是她的光太微弱了，战不过茫茫的黑夜。路灯的光更是微乎其微，仿佛夏夜的流萤。不过在酒醉饭饱，兴高采烈的她俩，反觉得这黑夜神秘得可爱，黑夜中走是件有韵致的事。大街走尽，转向北时，忽然冷飕飕的一阵风来，吹得道旁树上的枯叶雨一般飒飒落下。继之不觉打了个寒噤，子蕙也似乎感到什么不高兴似的，说：

"继之姐，我们要快雇洋车了，风中还挟有雨点呢，你不觉得吗？"

"好罢，我还不觉得呢。"

继之回答子蕙的话后，再抬头一看，只见一天繁星都已隐在云中。拉洋车的本是爱敲"堂客"们的竹杠，况又在晚间天将落雨的时候，结果子蕙费了二毛雇车去了，继之因为路远些，车价是二毛五。

雨越下越稠，风越吹越冷，街道越走越荒凉，继之适才因打寒噤而起的酒阑人散的悲哀，竟在她的心田中拓张起势力来。人生的种种不幸，都似江海朝宗一样，齐向她的方寸倾注。糊里糊涂，也不知走了多少时候，方走到她的目的地。洋车夫将车放下，揭开油布；她只抓了几把铜子给他，也不曾数，便匆匆的叫门。

开门处，须发斑白的老号房向她说：

"阮小姐可回来了！这里有您一份电报。下午您刚出去，就送来了。"

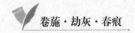
她接了电报，向舍监处讨了本翻译电报的簿子，便到房内扭开桌上的电灯便译：

"母念妹病剧，速归。俨，支。"

这种突如其来的重要消息，简直把她吓得昏迷了。

"我离家的时候，阿母不是很康健的？我又不是初次离开她，何致因念我成病？莫不是那桩不幸的婚事死灰复燃，他们又迫我嫁……？"她只这般胡思乱想。

是时和继之同房住的小姐们都已睡熟了。案头闹钟的短针已在十一与十二之间了。她头痛欲裂，别说睡觉，坐也坐不安，一会儿执笔狂书；一会儿默坐流泪；一会儿在房内踱来踱去。"真呢？假呢？回去好？不回去好？"这几个问题在她脑中翻腾出没，纠缠不清；假使不是房内还有别人，她定要大哭或大笑一场。

继之本是受过严刻的家庭教育的，从小就过惯清苦的生活，所以饮食起居上，她从来未讲究过。自从这突如其来的恶消息传来，她的脾气大变。从前爱书如命，以勤学著称的她，现在竟无缘无故的将书一堆一堆的烧去，或在正上课的时间，跑到渊如家，同她乱谈，对她痛哭。从前的她只要可以充饥的东西都吃得下，现在到了吃饭时先同厨子麻烦足了，然后自己到馆子吃去。宿舍的用人怕她，厌她；渊如家的用人也如此；她的同居者无不窃窃私议。

在那恶消息传来的第三晚，她又跑到渊如家。渊如本已吃过晚饭，而且令女仆再备饭给她吃，她无论如何不肯，非渊如同她去上××饭店不可。

到了××饭店，堂倌照例于送过手巾把后问要什么菜。渊如知道她日来神经有些错乱，怕她信口胡讲，忙代说：

"你先把点心牌子和零菜牌子拿来，挑几样看。……"

渊如的话还未说完，她便摆出她从来未有的凶像，两眼一瞪，两眉一皱，两腮一鼓，说：

"哎呀！好仔细！人生到此，还讲究这些！没出息！"

说罢，又向堂倌说：

"就照上次××大学聚餐会那样的翅席。晓得吗？"

"是，是。晓得。上次您也在座。"

堂倌毕恭毕敬的答应了她，又将她俩上下打量了一番，料她们必是请客的，便一抖积伶，将请客条子和笔送上来说：

"还有几位客人？请您把电话号码写出来，好催请；

我们这里席面开得快呢。"

谁想这么一来，她又不高兴了，怒冲冲的说：

"谁告诉你我请客？不请客，我吃了便不给你钱？放心！快！快！来一瓶白兰地。"

堂倌也摸不清头脑，闯了一鼻子灰去了。

一会儿，菜已排好，酒也送来。继之先斟了杯给渊如，继斟杯自己用。她日来本有"食而不知其味"的光景，渊如是吃过晚饭的；所以先上来的几样菜，她是还动几箸头，后上来的，只用箸儿挑挑便完事。酒呢，渊如只吃了一小盅，其余都在继之肚内。一瓶喝完了，继之的脸已红得赛过胭脂，但还要叫堂倌添酒。渊如到此真看不过，怕她醉得太狠，生出意外的事变，忙拦她说：

"你如再如此胡闹，我便不欢喜你了！"

她于是将脸沉了一沉，说：

"聪明的你，知心的你，还不知道我伤心吗？我此去，谁知结果是吉是凶！你若不让我借酒浇愁，教我向醉乡中寻片时的愉快，我马上会发狂，会死！我此时方了解古今许多颓废纵恣的人的可怜；他们那里存心如此，只是无聊罢了。我此时手内有枪，定去打几个人；我若是个男子，定要花天酒地的大嫖一场……"

　　渊如听了她这段牢骚语，也不禁黯然，没再劝她的勇气。但是她呢，经渊如这一阻拦，似乎连借酒烧愁的幻梦也被惊醒了。她的狂放纵恣的态度，一变而颓然若丧，低下头去，竟扑簌簌的落了几点泪来，长叹一声，低吟着：

　　　　抽刀断水水更流，
　　　　举杯消愁愁更愁。

吟罢，踉踉跄跄走过渊如这边，握着渊如的手说：

　　"前天我曾打个电报回家，说此地学校已上课，而且因时局的关系，路上不好走，可否迟归，令他们电复。现在还不见回音，大约他们定要我回去。我处世的态度虽然从来都偏于和平，朋友们都说我怯懦，但于我终身幸福有关的事，我决不能将就他们。如果他们相迫太急，我必……！怕什么？只管回去得了！母亲病了不回去看看，良心实也难安！我情愿牺牲生命来殉爱——母亲的爱，情人的爱！爱的价值不以人而生差别，都值得以生命相殉。我们此次分离，究竟是生离是死别，谁知道！三年的交谊，承你诸般爱护……渊如……渊如……"

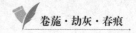

她气竭声嘶的扑在渊如怀里，渊如也只有抽咽的分儿。这对对泣的楚囚，直到堂倌进来上菜，方如梦初醒，彼此离开。

继之何以对家庭代订的婚约如此决绝？完全由于那人太凡庸？不，半为誓以生命殉她的爱的渔湘。即她在北京这几天的耽搁，也不尽为等家中的回电，为要会会她所挚爱的渔湘。他本也在北京读书，为了经济的压迫，今春辍学到天津作教员。她接家中电报之次日，特发快函招他来握别。

这是继之南归的那天上午的事。

因为避免讨厌的人们的眼和口，他们起了个绝早，到城西公园晤面。北方的天气，九月初间已经下了几次微霜。不耐风霜的树木，已零落得半剩枯瘦的杈枒；较耐风霜者虽依旧枝叶蓊蔚，但终似曾经践踏凌辱的人们，在努力挣扎中显出无限憔悴可怜的情调。高爽澄碧的太空衬着冷光四射的秋阳，仿佛断狱老吏，俯视阶下的囚徒。

晓来谁染霜林醉，

都是离人泪！

继之立在亭下俯视着地下委积的红叶，想起《西厢》上这句话来。

"美丽呵！真挚呵！但是'我这里青鸾有信频频寄，你切莫金榜无名誓不归'。莺莺张生虽然也被迫而分离了，然他们此时实满抱着黄金般的灿烂的希望。我们，我们此次的分离，只是死别般的生离！死别般的生离。

"妥协是世间最聪明，最完善的办法。殉主义的人都是傻子。这点道理我何尝不明白。刘家的豪富，他家人对于我的倾慕，我何尝不知道。照了母亲的意思做去，马上家人乡人，……都说我好。但是我不能压制我的个性，我不能违背我的良心，抛弃我的挚爱者，去归依那志趣不合的财奴！我宁作礼教的叛徒，我不作良心的叛徒！……"

她仰望着天空如此沉思。

"呵！你来了！"她骤然觉得后面有人抱着她，脸偎着她的左颊啜泣。

"……"

"我的……渔湘……"她一转身便伏在他的怀内，

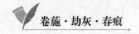

也哭了。

他俩就这样啜泣着，拥抱着，展转亭下石凳上坐了。他把她紧紧揽着，胸对胸，头依在她的肩上。无言，两人都默默的。

良久，良久，他很坚决的将她推开，慨然说：

"我们各有各人的前途。我们都是明白人，谁也不要牵制谁。我们的友谊从此截算！同乡们要往榆关从军的很多，我打算同他们一起走。……"他的泪痕狼藉的脸上骤然现出狰狞可怕的气色。

"你真的要往榆关吗？我的湘！"她想不到平日缠绵温柔的他，今日竟会如此慷慨决绝。他的话对于她恰似晴空霹雳。

"自然是真的。我骗过你几次？你看我辞别朋友们的通知都拟好了。"他的态度极坦然，同时从衣袋里取张信纸交给她。

　　诸位挚友：

　　　　在你们接到这封信时，我已不在天津教书，也许已到炮火连天的榆关。至于我为什么要这样做，我也说不清楚，大约是梦醒了。在

悲哀而缠绵的梦中，整整过了五六年，现在居

然能醒来，也是桩可自庆幸的事。不过人间的

梦恐都有醒的一天，像这种事也平凡得很。再

见——今生？来生？

渔湘留言

"湘，你疯了吗？怎会做出这样的事？"

"没有疯！真没疯！"他惨然的笑了。

"你既然未曾疯，愿你千万别如此。你晓得你是你

双亲的骄子，他们的命根儿。你整年在外飘泊不归，已

经使他们伤心到极点了，何况再……你自己也有的是光

辉灿烂的前途，你若如此暴弃——啊！你怕我们的计划

有变更吗？不会！决不会！！至死都不会！！！你是我

的……我是你的……"

她的声音颤了，抱着他的头一阵狂吻。

"继之！要知道天下的事不是这样简单。我们的缘已

尽了！你如爱我，我们从此义断恩绝！"他叹了口气，

推开她，扬长去了。

"渔湘！渔湘！我有句话问你，只这一句！"她大声

疾呼起来。

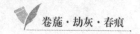

他竟然头也不回的去了。她哭倒在公园亭下。

晚上八点，继之同渊如来到西门车站。

榆关的风云日紧，各省的军队都由铁路北上，预备开往前线。因此，西门车站上往来的人十之六七都是穿灰衣服的；更因长票车不能按天开行之故，搭客又较往日加倍的多。这种抢抢攘攘的纷乱情况，已足暗示时局之日趋于危急紧张。渊如继之在票房整整等了一点多钟，将车票买妥，行李拴好牌子。

是时离开车的时候还有三个钟头，车上人已挤满。费了九牛二虎之力方挤个车角坐下。

"'良时不再至，别离在须臾。'渊如！渊如！我决不屈服于他们，我决不妥协！"

"也许我们所猜想的竟与事实不合；我们常是神经过敏哟。"渊如如此安慰继之。

"呵！但愿如此，但愿如此。我定不妥协！我不死即逃。陆宅的家馆请你代庖。学校的津贴，烦你向副校长徐先生说一声，请为我保留——你们有同乡之谊，便于进言些，还有渔湘……"

"继之！继之！"一个男的声音这样叫她。谁？就是她方向渊如提及的渔湘。电灯光照耀之下，他的容色惨白得像个死人。

"湘，你怎的会来送我！"渔湘这次出她意外的送行，使她又惊又喜。

"……"他并未做声，只隔着车窗握着继之的手，泪下如雨。

"杨先生，你先回去罢；继之不久就回来了。"渊如因见车站上人在指指绰绰议论他们了，遂提出这样的警告。

但是渊如的警告又有什么效力！汽笛呜呜的叫了，开车的铃摇了，送行的乘客说"珍重"，脱帽的脱帽，扬巾的扬巾，渔湘仍然站着不言不动。

火车开了！他们的手终不得不撒开！

一路因为兵车太多，难于腾让轨道，直到开行的第三日夜半方到××城。在城外旅馆住了一夜，次日晨雇了二辆洋车，载着行李，奔向家来。

"呵！燕小姐，你怎的……回来？"继之家的厨子李发在门口买菜，见她突然带着行李回来了，很惊异的问；同时又忙撇了卖菜的，去代她搬东西。

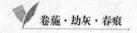

走过客房院，转过屏风，望见她的老母正在上房逗她的小侄女韵儿玩呢？她老人家的气色慈祥宽惠和平日无大差别。继之日来紧张的心弦，到此不禁顿然一松。

"奶奶！燕姑回来了！"韵儿先瞥见继之，竟欢喜得叫起来了。

"燕儿，你竟然回来了！你哥前天还回你个电报，说如果北京平安无事，学校已上课，你尽可不回来；你没有接到？回来也很好，免得家中挂念，等他们不打仗了再去也不迟。唉！北京的风俗也真不好，女孩子们在那里教人怎放得下心！"母亲见她回来了，自然欢喜异常，但不知何故，最后又来了那两三句突兀而奇离的话。

嫂嫂哥哥等听见继之回来了，都欢喜。一切，一切，家中的一切都如常。怪！

一天晚上，大约有九点多钟的光景，继之方在翻阅纳兰性德的《饮水词》，她的长兄俨之来到她的房中。

"妈妈睡熟了？你到我房里谈谈好罢？"他的神气很离奇；对于继之似命令，又似请求。

"这回打电报叫你回来，一半是妈妈的意思，一半你凝哥我们的意思。你近来的行为太浪漫了——简直可说是胡闹！受人愚弄！教育界的人，知道你同杨的事的人，对你的批评都很坏；××女师范校长的位置，都是因为你的声名不好，眼看着便宜了别人！什么是自由恋爱？自由恋爱就是吊膀子，轧姘头！你何曾不聪明决断，你是被感情蒙蔽着了，聪明终被聪明误。杨不还没有在××大学毕业？家里听说不过顷把几十亩地，不希奇！我看，你若果不愿同泽生结婚，也没有什么不可，他将来不过做个土财主。杜梅尘你今天是见过的，品貌学问都可算当今的第一流。他的祖父曾在陕甘开府，他的哥哥是××银行的经理，真是世家公子；他虽是督军署的参谋，是个政界上人。你看他的谈吐不像个名教授？他原是美国的法家博士，且喜吟咏。你觉得他怎样？不要认为恋爱是什么绝对的，无限的；世间就没有所谓精神的、纯洁的恋爱，恋爱的构成的要素，财！色！你现在相信你同杨的恋爱，就同某些人吃金丹养修成仙一般。女子们的盛年易过，别等……后悔！自然你听了我同你凝哥的话觉得刺耳，我劝你别把亲人当路人，而把路人当亲人！你同杨的事，妈妈已经知道了，别再气她罢！"他说话的声音低而且诚挚。他说及杨渔湘时的鄙夷的神色，说及杜梅尘的倾慕的神色，以及对于恋爱的深恶痛绝，都可见他这一段话是经过许多时候

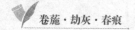

的沉思、考虑而后发的。是的，他真是个绅士。

继之对于俨之的劝告、警诫，始终是唯唯否否。不唯唯否否又怎样？她此时被家人包围了。但由俨之这次的谈话，她知道他们电召她回家的内幕。

就表面上论，继之在家也很舒适，有的是书读，有的是衣穿，饭吃，房子住，仆人服侍。争奈她同她的母、兄对于人生的见解各异；在他们母女兄妹四人间，有条无形的，表现时代差异的万仞峻壁；他们只是相互责怨，而不能互相安慰；假、冷淡，代替了家人间的真、亲热。尤其使她感到家内不可一日居的，是她的灵魂被渔湘留在他那里，不曾随她同回来。她行也想他，坐也想他；吃饭时便想及他在军营中吃的粗粝饭食；睡觉时便想及他在冰天雪地中休息的处所；见哥嫂们喁喁细语，轻怜密爱，便想及他俩欢聚时的情况。

她的老母虽因爱她之故，不肯相迫过急，有许多较露骨的话不肯对她讲；但于她用种羁縻和防范的手段，对于她的往来的信件极力稽查。渊如曾到过她家，升堂拜母，但她母亲见她和渊如往来的信件还说："呵！又来信了。什么事写这样多的信？"渊如如此，她的其他朋友可想而知了。继之的性格又是个爱疑心人而同时怕人家疑心她的人；在这种情形之下，不但不敢给渔湘通信（其实她也不晓得渔湘那时漂流到什么地方），就是给位女友的信件，封面上也不敢用"先生"二字，恐怕她的母亲发生误会。给渊如的信中，她也不敢问及渔湘；因为渊如认为渔湘是他的"情敌"，她对于继之同渔湘隔绝一事，并不觉得可惜。有次她硬着头皮向渊如打听他的消息，结果只得张他从军时给朋友们的辞行信——她在北京的公园亭下看见过的。

××城的报纸虽因处于某系的积威之下，不敢刊布他们的战败的消息，然而双手如何能尽掩天下的耳目？而且天下的事往往欲盖弥彰。榆关之屡攻不下，士卒伤亡数目之巨大，种种消息都使她触目惊心。

霹雳一声，前敌某队忽倒戈南下，弄得某系军队腹背受敌，进退两难。素以关岳自许的元戎，仓惶泛海南遁，仅以身免；部下将校士卒被掳的，冻死的，饿死的，坠海而死的何啻数十万。

> 可怜无定河边骨，
> 犹是深闺梦里人！

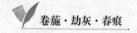

继之每念及此句，不禁声泪俱下。李后主谓终日以
泪洗面，她虽没有以泪洗面，（她敢教家人看见她的泪
痕吗？）而心却日夜在泪中浸着。

我所挚爱的继之：

分手以来，我想你的心也为我操碎了，泪
也为我流枯了。是的，这种冲锋陷阵的勾当，
原是万死一生的，凡与我无深仇者都不免为之
担心，况在于你。但是，你放心罢，渔湘虽曾
望见了"鬼门关"，但而今仍安安全全的在人
间。"塞翁失马，安知非福。"我要不是半月
前因伤运回天津医院，最近这回恶战，怕有
一百个我也死了。我竟未死！我竟未死！许是
爱神哀怜我们的至诚暗中呵护。公园话别时，
你定怪我无情，怪我决绝，然而，你那知我的
苦衷。固然我承认别人向我的怀中将我的爱人
抢去，是我的奇耻大辱，我要和他拼命，但是
我眼看着你的锦绣的人生为我而日形惨淡，我
心何忍！我不愿我的爱人为我而受人们的凌
辱压迫。我甘为我的爱人牺牲生命。我若平白

的，鸦雀无声饮酡，投水……无论采用何种手法，我都觉得我的怨气无从发泄。我的身世原是一幕悲剧，我也要看他人的悲剧。烛天震地的炮火，死者、伤者怒潮般涌出的鲜血，……这是何等悲壮灿烂的艺术！我逃出情场，加入战场。战场的壮烈，与情场的温柔，一样的伟大，一般使人陶醉。

这种决心，是我们相会的前一夕决定的——经过了几天的痛哭，啜泣，昏迷，沉思而决定的。但是爱是同宿莽一般，虽拔心而不死，所以在车站上又演了依恋不舍的一幕。

你离北京的次日，我便随同乡到了榆关。呵！军营的生活真苦！那样风雪凄厉的时节，发的军服竟是单的；床铺呢，一片干地之动欣美，大似我们平日之于最讲究的钢丝床；……不说罢，你听了反增加些怅惘，反正我已平安归来。

我的伤共有两处：腿上，左肋。腿上是枪伤，子弹从腿肚穿过；左肋是炮伤，开花炮爆烈的铁片从肋上掠过。两处伤皆未伤及骨节，所以不久就出院了。现在由天津来到北京，旧地重临，对景伤情，不独这场风波未将我的心田上的爱苗完全拔去，你的影子在我的胸中更加明显清晰。渊如对我，已不似往日之一味斥我轻狂，她将你的近状详细告我。现在交通已恢复，能否再来同做场甜美的梦，我的上帝！

我已请教务处秘书方辑瑞假托教务处的名义去信催你来。会面有期哟！

渔湘

这封信是季玉麟女士转给继之的。她是辑瑞的情人，继之的母亲的干女儿。

渔湘的信到后不三日，辑瑞假托的信果然来了。信中大致说：学校最近的教务会议议决，凡领得津贴的学生须受学期试验。若无学期试验成绩，即取消其津贴。

继之持此信向家人交涉，要回北京。她的母亲并未如何劝阻她，但神色极惨沮。

"你知道你现在处的地位是何等危险？简直同那年你姐姐被土匪抢去一样，同是站在危岩上，一失足便身败名裂！做父母的见了这样的情形怎能不担心？！不过她在土匪窟中，一切都不得自主，你的身心现在还是自由的。这回去到北京少说话，少见人，少和男子们来往。当心保持我家的清白家风！记着你以前的事儿，别再……！"她说到此，声泪俱下了。

继之含泪辞了她的家人，随了她的次兄凝之来到车站。她的心头说不出是酸痛或甜美。喜的是又逃出樊笼，和渔湘渊如再会；伤心的是老母风烛残年，她竟不能体贴到她的心上，使她如此生气。母亲的爱，情人的爱，在她胸中交战。"吾谁适从！""吾谁适从！"

由××城开的车，照例是下午四时开行，继之同凝之于下午二时三刻到站。三点，四点，五点，一点一点的等过去，搭客愈来愈多，到晚上九时，车站上已是人山人海，而火车竟渺无消息。××城因为时局不靖，十时即闭城门，断隔交通；凝之为此很着急。抛开继之一人回城，到母亲面前无法交代，而且情有所不忍；陪着继之老在车站等，谁知来车何时开到，家人的挂念不说，冬夜的严寒如何受得了。继之这次离家，本是硬着头皮走的，车站上挤拥不透的搭客她都视若无睹，她目耳闻见者，只是她的老母的宠爱，慈爱，悲伤的老态，诚恳，严重的声调，她真柔肠寸断了。在这种进退两难

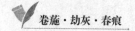

的情形之下，火车不来，阿兄着急回家，她没主意了。

"凝哥，我们不等火车了，回家罢！"她最后这样的决定。

"也好！要走呢，明天再来也是一样，难道火车天天误点？"凝之的高兴宛如久戍得赦，欣喜中含有不少感激继之善体人情的意味。

继之兄妹到家已近十时半了。家中人除凝之的妻，和她们老母，守门的张顺外，都已就寝。

"妈妈，燕妹同他都回来了！"凝之的妻看见他兄妹俩回来，便向上房叫她的婆婆。她原是出来接凝之的。

"都回来！怎样都回来了！"继之的老母惊喜得如入秦的和璧而今完璧归赵。

"等不来火车呢。算了罢，今年不去了。反正津贴也不过一百元，由他们取消就是。"老母送别时的伤心，此时见她回来的惊喜，使继之深深感到母亲的爱的伟大。这一刹那间母亲的爱战胜了情人的爱。

继之的母亲看着她同凝之补吃了晚饭后，因为女儿不走了心中十分安适，躺在床上不久便呼呼睡去。继之呢，暂时败退的情人的爱，又起而与母亲的爱苦战，她深悔方才不应该允许母亲今年不往北京去。渔湘和渊如因望她不到而失望伤心的样儿，她简直无勇气去想象，她的心绪比乱丝还要乱些。

"燕儿，燕儿，怎的不好生睡觉？"她的母亲于迷离梦境中听得她在啜泣，因喃喃的如此问。

写于母亲走后

　　表妹快要生产了，母亲决定今天下午带着衣服行李搬到她家住些时。他们夫妇俩都是穷学生，又都在幼年失去了慈爱的母亲，所以母亲就成了他俩的唯一的亲人，保护者。

　　"四儿，你不是还有高丽参吗；找出来点，带到表妹家吃。我的老病这几天发了。"她坐在靠山墙铺的床沿上，一只手端碗温开水，一只手抓了把六味丸慢腾腾的说。

　　"好的，好的，我一会就去找。妈告诉表妹说我下礼拜一决定去看她。我真挂念她。唉，嫁了的女人。——可是妈你要当心你自己的病。上年纪了！"是时我也坐在床沿上，不过这张床是靠后墙铺的。我手里拿着好些棉花，一面说，一面往一双新绒鞋里塞，因为九点一刻我需往V校去，此时已快九点了。

"唉！唉！"她深深的叹了口气。

这叹声是猛雨将落时的狂风，村戏开演时的"三出头"，八股文的破题儿；向来历验不爽。因此我听了不觉将气息加意屏敛一下。

"唉！唉！人们的病那是累得的，全是由于'坠心'的事。我现在快七十了，不愁吃不愁穿，就是为你'坠心'。眼看你二十岁的日子早完了，再过几年就三十岁了，还是这样飘流着。光虞还未另定，他家里现在托着十表叔说。他们说他看得远啊，他不随便再定。"她的慈和的音调，忽然改作凄楚悲哽的了，脸上的神色刹那间老却十年。

很早，很早，在母亲未来此地之前，就有种种流言说光虞家中人要求我家履行那已废的婚约；所以今天母亲这番话，在我只视为各方面的流言之被证实而已。但是我照例哭丧着脸一声不作。这种态度与其说是对于她的话的默认或反抗的表示，无宁说是为难。人间最欢愉的快乐和最惨痛的悲剧的焦点，都是超乎言诠，都只有沉默。光虞解除婚约的启事，我和志伦的恋爱，如何能让她知道！光虞之不肯再定是等我吗？他是同我赌气，因为我看不起他。他仗着他家有二亩地，要娶个才貌双

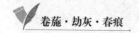

全一切都比我强的女子。——母亲这样大年纪了，怎禁
得如此"坠心"的事？牺牲吧，为了母亲？但志伦怎样
呢？自杀！自杀！她只有这一条路！——光虞不是声明
他"海枯石烂""地老天荒"永不反悔吗？看他的"犟
劲"。要俯就他，我以后还见人不见，如此"下作"！
五分钟的沉默里我的脑海中翻了如许的波澜。

昨夜刮了一夜风，今天天气陡然冷了许多；更因
为有不顺心的事，心境异常凄苦，沉郁，出门时忘带围
巾，一阵风来，便觉寒透骨髓。糊里糊涂走到景山东
街，糊里糊涂坐上洋车。经过了前门大栅栏观音寺种种
热闹繁盛的所在，虽然照例有几辆汽车"风驰电掣"呜
呜的从我身旁走过去，但我终觉那是另一世界的事。我
不知我在洋车坐着，我觉得我是在棺材中躺着，被人抬
去埋葬。

每次到V校上课就同旧时小学生进房一般，今日更
甚。同事的举止较往日似乎更寒伧，学生们听书的神气
较往日似乎更蠢笨。"什么是教书，简直是讨饭！"我这
样想。于是婚姻问题的纠葛上又加上对于职业的厌恶。

母亲向来是爱在厨屋帮助嫂嫂照料事情，但今天早上厨房内没有她的影子，只有嫂嫂同刘妈。

"阿琳我们往上房找奶去。书包也带着送进去。"我拉着我的小侄，披着短发的，八九岁的小姑娘。我不知怎的深深感到母亲之所以不在厨屋照料事的原因，是在上房独自寻思她的——也可以说也是寻思我的——那桩"坠心"事。固然当她寻思那桩"坠心"事时，我在旁也只能为我们母女俩的不幸的命运伤心，甚至使她因看见我这日趋于憔悴衰退的容颜而更感到某种问题需早日解决，但是不见她呢，又如饥渴者之于饭食。何以如此？只有归于亲子之爱吧。

走到穿堂中，就遇着了母亲。她提了个大包袱往外走；东扭西歪，仿佛力不能胜。

"我替你拿吧？"我说。

"不呀！这是送给韩娃的。你们可就回来了，那末已经晌午了吧。今早的饭晚呀。"话虽说得如此平淡，但神色是如此凄楚，同每次在火车站上看我被火车拉到渺茫的天涯一样。

哥哥有了嫂嫂，嫂嫂有的是哥哥，琳侄歆侄有的是父母，都有最亲近的人爱护，她都无庸过虑；她挂

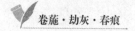

念谁？她的不孝的，孤雁般，飘萍般，没有归宿的爱女——我。

我同琳侄送书包到上房回来，在中院里又遇着她从韩娃房里出来，遂一同往厨房去候午饭。

"羊肉要热热吧？"嫂嫂迎头走来用种请示的口气向母亲说。

"不热，不热，有的是菜。"母亲说，我也附和着。

"晚上妈就到表妹家去了。"嫂嫂又从而说明她要热羊肉的理由，便到西厢房——盛食品的房间——去端锅子去了。

"晚上妈就到表妹家去了"这句话，嫂嫂用了极敏锐的手腕刹那间深深的显显的刻在我的心坎上。从前（指由早晨到说话时）呢，我也感着母亲要离开我的怅惘，但那是弥漫的，空虚的，不着边际的，与此时所感觉的大大不同。因为昨晚家里请了客，所以今天的菜特别多。红烧肉，米粉肉，炖鸡子，咸牛肉，还有什么什么排了一桌子。但是我吃的较往日只有一盘泡菜、一盘炒白菜时还少，吃三碗饭的食量今日只吃了一碗；母亲也只吃了不满一碗饭。一顿饭时，全屋内没有听见笑声——歇侄自然不算数。母亲拧了两把鼻涕，大似伤风一般；我背她用小手巾擦了两次眼。

"我收拾好就走，谁也不等，你伯，你姑，你韩老表，只等琳。"母亲吃完饭时摸着阿琳的头说。当哥哥嫂嫂在美国和北京当穷学生时，四五年间，阿琳都归她抚养，所以阿琳常说"一家中最可爱的是奶"。她对阿琳也不似对我们兄妹们那样严厉。

"将阿琳送到学校后，我再回来一次，亲看她上洋车往表妹家。然后往C院去阅稿。"我听了母亲的话是曾经这样想了一下，但这个念头终于为爱志伦的心情打消；志伦是隔十天方得同我一话相思，而欢聚的时间就在今天下午。母亲对子女的精神是牺牲的，子女对母亲呢？自私！自私！牺牲的时候也有，然二者相较，不啻百与一之比。

我到上房洗脸，母亲也跟进来了。但是她并未说什么，只归究她应带到表妹家的东西。

"院中绳上的衣服是韩娃的。黑的裤，褂，干了压平送给他。灰的你代他收在箱子上白包袱内，他太糊涂了。药你记着催他吃。"她只说这样几句。

"琳虽暂时失去祖母之爱，然有与此同样真挚的母亲之爱来替代，韩娃，我们姨侄俩要竖起脊背好好作几天

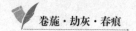

人，我们所可切切实实依靠的、长到老还可以在她面前装小孩的人走了。"我想，我想，我几乎放声大哭。

由我家到C院，向来从志伦的住所经过。照例将门环叩了一下，他已开门迎出。轻微的笑容竟使我心上的愁云裂开个小缝，露出一缕阳光。

他方在看明才子施绍莘的《花影集》。我到屋了，他便让我坐在他的座位上，翻出他最爱的一套曲子坐在椅旁的扶手上，念给我听。

"安排锦绣窝，修订鸳鸯谱，莫话欢娱，且话当初苦。记尊前一诺，初转秋波，却不道花命艰辛受折磨。郎奔驰京国东西路，妾死守空闺日月梭。从头数，星星记得，怎模糊。真个是怨处恩多，恨处情多，今证了恩情果。

"曾从爱里过，也向愁中坐，越是分离，越把心肠锁。沙家事如何？付南柯。不嫁三郎头不梳，宁使做吞酸忍楚痴儿女，决不似抛冷趋炎歹丈夫。非闲可，历遭情劫式多魔。到如今，欢处悲多，却又是悲处欢多，搅乱了相搀和。

"怎车干恩爱河？推不动相思磨。祆庙烧完，渐近蓝桥路。今朝出网罗，到凤凰窝。争气潘郎成就奴。羞惭了搬唆诽谤销金口，涂抹了长短方圆画饼图。从今呵，刀山变做软衾窝。真个是悲处欢多，况更是欢处欢多，把欢字浑身裹。

"郎登折桂科，妾有奔琴路，就天样高墙，怎隔得伊和我？……"

他当初只是赏识这套曲子的妙丽清新，所以念给我听，是要我同他共赏此奇文，不过受了文艺的催眠，他愈念情感愈激动，因之读的声调也愈趋愈凄清哀婉，如霜晨猿啼，深夜鹤唳。念到"天样高墙，怎隔得伊和我？"他念不下去了，眼内充满了兴奋的热烈的情焰，用他的左手，紧紧握着我的右手，对我凝视。

老人的惨淡的暮景，我们的渺茫而不可捉摸的将来，这一堆干柴，都被他的书声这把火引着燃烧起来。我伏在案上哭了。

为逃避他的种种抚慰，我由窗前的椅子跑过来坐在当门的沙发上。这是我的怪脾气；当我悲痛的时候，我总不说我是为什么，劝我的人猜得对了还好，不然，我更生气，而对于最亲近的人尤甚。

他遭了我的拒绝，呆若木鸡，在我面前呆站了一刻工夫，突然伏在我的膝上，哭得抬不起头来。"我的父亲为我的事死了，母亲现在又为我病得不能下床。唉！唉！我读书一场……倒不如我哥哥是个生意人……回去呀！……回去就不能来了！"……他只喃喃的如此说。

"回去呀！应该回去。我有母亲，你也有母亲！……你们是有过某种关系的，母亲要你爱她时，你就同她好吧！……"

他只是哭，不肯起来。我也俯到他头上继续着哭。

三间房内只有抽咽的声音，两条手巾都擦得同水洗过一样。

由C院回来的时候，天已昏黑了。叫开门，到厨房看看，晚饭还没有熟。走到中院迎见了哥哥同嫂嫂。

"回来了。"他们夫妇俩同时说。这话是他们常说的，但今日顿觉得较往日含的客气的成分重些。自然这是我的心境使然。

"奶走了。"琳隔着屏风告我。

"你的花生吃完了吧？"因为母亲未去时曾许她一吊钱的花生，只要她在家好好读书，所以我如此打趣她。其实我的眼泪，又快流出来了，我已实际尝到母亲去后的悲哀。

上房因为一时无人，中门已闩起来，我由厢房转过去。房中黑洞的，再看不见那慈和的老人，听不见她的慈和而爱怜的声音。

院中韩娃的衣服还未收。这是她亲手为她外孙洗的。

"韩娃，药吃了没有？"他刚坐下要吃晚饭时，我如此提醒他，我传达母亲的使命。

"就吃！"他立时放下饭碗同筷子到炉上倒了半碗开水回他的房中吃药去。他这次听说急了，绝不似对母亲那样执拗，大约他的感想同我的感想一样吧，"可在她面前装小孩的人，走了"。

不多几年就三十岁了，还是如此离不开母亲。明知月余她即回来，却又为之如此怅闷。唉，亲子之爱！

劫 灰

我瞻四方，

蹙蹙靡所骋！

——《小雅·节南山》

劫 灰

故乡是我的慈母，北京是我的情人，我是个为了情
人的爱而忘却慈母的爱的荡子。这话说得一点也不太过
分。着实，七年的旅客生活竟把我思念故乡的心苗连根
拔去了，报纸上登载的老洋人在河南闹得那样凶，我看
来并不觉得怎样的动心。

前天，我的二兄从家里来了。他和我谈了好多我
离家以后的事情之后，我问他现在我们那里土匪是否还
是那样猖獗。他黯然而且很惊讶的反问我："郝庄同和
尚庄都被他们烧掉了，你不知道吗？"也不知怎的，我
的恬静的心中忽然感着失了故人似的怅惘。我沉默了好

久。二兄见我如此，以为我谈的烦气了，便披起大氅辞了我，往别的同乡那里去了。

我沉默着把他送出宿舍门口，回到自己房里还是在沉思之中。浩劫！我们的乡里近十几年来那天不是在浩劫中讨生活！

记得那是宣统二年冬天十月的事。我刚从书房里背罢《诗经》出来，在停放我父亲的灵柩那间屋前的席棚下，我母亲作棉衣的"活摊"旁，逗我养的花哈八狗打滚，学人立着走，我的叔父忽然面带愁容，很张皇的来了。他连坐也不坐，便同我母亲隔着做活的案子低声谈话。那时，我的小花哈八狗打滚打得正好。我那有心思去管他们说些什么！不过他的面上的恐惧的神气，委实使我不得不分部分心去留意他们的话。只听母亲说：

"是王八老虎吧？"

"不是他还有谁？还不是因为山坡那回事吗？"我叔父回答。

"呵，若果照那帖子上说的如何是好？妈同你二哥的灵柩……反正我总不走的，一个老婆子家。"

我的母亲急得眼泪都流了，声都咽了。

约有一刻多钟的工夫，我叔父便出去了。母亲虽是

愁得皱着眉头，却还照旧做活，并且作的格外快，好像
有人催着要穿似的。午饭端来了，我母亲也不好好吃，
只望我父亲的灵前的遗像流泪。午饭后，她带我到一间
楼上，把所有的棉衣都找了出来。该穿的都替我穿上，
说是我叔父说的王八老虎要来报仇了，我们一家都要到
别处躲避。她因为要伴我祖母同我父亲的灵柩走不了，
决计教我跟我二嫂三叔母到城北林庄去，我当时虽然不
十分了解土匪和报仇的意义，但是听说土匪就是所说的
红胡子，想来他的样子一定是很凶恶的；既然说是报
仇，那末来了自然是见人便杀，见东西便毁，我的腿也
有点发抖了。

　　林庄是我家里的别墅之一。在城北三里沘河岸上。
那里有我家八百多亩田地，二百多间草房，六十多间瓦
房。草房多给佃户住了，瓦房是伯父养病的地方。我家
离这里五十多里路，那天我们坐的又是牛车，又是吃过
午饭才起身，所以摸了两三个钟头的黑路才到了林庄。

　　此地虽说离山远点，比较我们家里安稳的多了，
但是我一夜也不曾安眠。我一心记念着怕王八老虎果真
来我们家了，并且运用我在小说上得来的知识构成种种
不幸的幻想。那一晚我的被子里似乎较平日格外凉而且

硬，老也暖不热。

在林庄整整住了一个多月，我母亲见没有什么事便把我接回来了。不过王八老虎是个出没无常的土匪，而附近的不务正业的人，又利用我们怕王八老虎的心理，故意造些谣言吓我们，以报他们的私仇。所以回来之后，我母亲总不教我们脱衣裳睡觉。每天晚上，只要一听见附近的狗叫或者重物件从较高的地方下坠的声音，我们都不敢睡着了。我母亲也叫醒了老妈子一同到院中观察动静。

有天晚上十点多的时候，忽然村的附近传来三声枪声。守村的人在瞭望台上，更看见庄东头半里内有三五点灯火。于是大家都确信是王八老虎来了。家里的人除了用人都从西院的短墙跳向卖豆腐的安家，蹲在乱柴堆里。后来我叔父也翻出来了。他说这样还不妥当，他们一定会过来寻的。大家随又向庄东豆子地去躲。那时正是秋雨缠绵的时节，虽那一天下午不曾下雨，然而地下的软泥，还是一踏便吸住鞋了。但是在那危险存亡之秋，除了自己同家人的生命，身外之物如金银财宝还是视同敝屣，何况两只青老布鞋！于是我们家十多口加上安家母女，便拖泥带水的加入邻人们逃难的队里，向庄

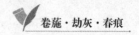

东那块十亩的豆地奔去。

田地本来是较别处格外松疏，加以久雨未霁，所有的土都被那些淫雨和得同年三十打的浆糊似的。豆叶自然也是湿漉漉的。然而我们那里顾得这些。天太黑了，怕迷了路再跑到土匪群里了，我们这一群多是手扯手的，有的人跑得慢，有的人跑得还没有到豆地的时候，已是连爬带滚涂得满身赛泥母猪。好容易到了避难所，一个个毫不客气的拼命往豆棵下蹲，只听见一阵足踏泥的声音。豆叶子上积的雨水经过这一阵动荡，便雨似的落了下来。于是从前衣服未曾弄上泥水的人这回也弄上了。

秋虫绝不为人们的大难临头了而停奏它的哀吟。辽阔的天空，由豆叶缝中望去，觉得星都似滴溜溜的要落的样儿。黑色的四野，有几点时隐时现的鬼火在闪耀。这是何等凄清之景呵！但是我们伏匿在荒野的这般弱者，终觉得背后便有土匪的明晃晃的刀往前刺呢。

最惨的是陈二嫂。她的三妞被豆干刺了哭出声来。她怕土匪听见了，赶快用手捂住她的嘴，直把这个三岁又白又胖的小女孩闷死了。还有安家大姑娘，怕土匪捉着，直向地的中间爬，竟掉在一座为雨所坏的大墓里。墓里的水直齐到她的腰间。她始终不敢出一口大气，整整在那里浸了两个钟头，次日便卧床不起了。听说到现在，年年清明，十月一，在安家大姑娘的坟上，还常看着白发髻颤巍巍的安大娘呢。

固然后来打听的结果，知道放枪的并不是土匪，是毕店同兴泰带着乡勇接他们的货车的，这次只是虚惊。然而千真万真的，听说好多亲戚们，不是房子被烧了，便是人被拉去了，而我们家又是和土匪结下怨的，怎能以为这次是虚惊便不怕了呢？

民国三年，大股土匪白狼被兵在母猪峡打败了，大家都加额相庆，以为天下可以从此太平了。谁想零落的余匪，却大助了我们县里的土匪的威势。他们有新式的便利的枪，又是经过仗的。自然怯懦得羊似的乡下人，一听到他们的威名，早就三魂吓得少了二魂了。六月初三破了毕店，十八破了湖阳，二十一破了元潭。不上四十天的光景，我们县里只剩有岗柳同我们镇上是岿然之灵光。岗柳是个乡寨，虽里面住了几家二等的土财主，然而所谓财主者，只是拥有几千亩田而已。你想在他们家搜出来三百块五百块现的，简直是百不抽一。要首饰吧，又因为他们家里那些太太也多是理财大家，出嫁后上了坟，回罢门，便将那些满冠半冠九凤尾之类都廉价出售了。卖来的钱都拿去籴贱贩卖逐什一之利去了。况且在这种兵荒马乱的年景，只有傻子嫁女儿的时候，才多为她置办首饰呢。有此种种原因，所以那些英雄好汉，都不曾将岗柳放在眼里，而我们住的寨却成了唐僧的肉了。

七月十三那天，外面的风言风语的说他们在打祈宜之镇。十五六两天，他们居然派饭到姚壶了。此地离我们的寨只三十里。专打大杆的赵大爷，此时已闻风先遁了，乡愚们更只有把他们当祖宗供的分儿。逃往寨里的人越多，寨里的居民越骄傲。"哈哈，怕什么，白狼破了多少大城池，从我们这寨外十里内过，连一根草都不敢拔；何况在这时我们的寨的四门都封了，生意都移到寨外了，闲人又进不来了，晚上家家出人守寨，新近又添了几十支枪！"街坊们每谈起都这么自满的说。二十三那天晚上，刚吃了晚饭，我和我母亲正在问伯父为甚么黄玉茹来了，我们三姐不一同回来呢？我五哥忽然从外面跑进来说："二婶、十妹都快把衣服换上，珍贵的东西也快检检。今天晚上过不去，因为刚才局里人来说，傍晚时候往北门混进来个形迹可疑的人，后来各家都查遍，已经不知去向了。……"说罢又匆匆的出去了。不到一刻钟的工夫，我七哥又进来，说："三婶们我已通知了，万一晚上有什么意外之事发生的时候，你们一听着枪声就赶快去躲在小户家里，我们都要上寨，怎有工夫来顾家眷呢！妈，请给我找件蓝粗布裤褂吧，这白衣服是穿不得的了。"我母亲给他找出衣服打发他去后，便将那天早上刚从同盛行起回来的钱检点了检点。元宝三个藏在窗根阴沟里，二千多张票子装在破布袋里，放在房里一只未锁的皮箱中，预备逃去的时候，进来就拿去的。其他较宝贵的金玉之属，都早已埋在地窖子里了，不用临时张罗。最后向五嫂借了两件布衫两条破裤子，向李嫂讨了两只大而有尖的鞋，仿照乡下捡柴的妇女们的样子装扮起来，又叫丫头小兴到厨房摸了两条烧火棍拿来挂上。这种滑稽的样儿，我们是扮惯的了，所以也不觉得害羞。这时虽然外面的风声很紧，而我们都是半信半疑的斜倚在凉榻上望着皎洁的月儿。想不到这几年来的兵燹之祸，竟成了我母子们消夏夜的资料了。一等也不见动静，二等也不见动静，十一点时候我们俩便相继熟睡了。也不知我们睡了多久，在梦里忽被拍拍的枪声惊醒。我眼还在迷着，便挽住辫子拉着我母亲挂上烧火棍往外走。走到第一层院口，逢着我伯父的媳妇，大嫂。我母亲说："你三婶哩！"她说："一刻就来。小孩交给孔嫂了，我抱不动。"说完这两句话，谁也顾不得其他了，一行人踉踉跄跄的顺着东墙根往北走。我们原是想从北门逃出寨的。但是一则因为阵阵枪子呜呜的在头顶上飞，恐怕万一落在身上，二则土匪既有三四百人，北门想也围起来了，所以改变计划向赶大车的方四家躲。还未走到他家，忽然从西来了一群人说："北门开了，走吧！"我们也就加入其中跑出北门了。

离北门不到二里便是一道小河。平素河水只有半尺深，河上还有桥。这年因为夏天雨量过多，河水收受山上流下来的雨水涨到二尺来深，桥也被冲毁了。逃难的群中许多都是整家的，到了河边，那些妇女便伏在她们的父兄或丈夫的背上渡了过去。我们既然没有人来背，只好带着鞋袜衣服一齐下水乱跑。素来不善走路的我们，又带了这半身湿衣服，过了河不上半里，月光下旷野中只剩我们母女三人了。

"二婶，你看老的老，小的小，只有我们娘儿三个了。此刻别说是土匪来了我们无可逃避，就是有个歹人来截我们一下，我们也只有束手就缚。十妹已这样大了。"我大嫂叹息着说。"陈姑娘不要怕，人到此刻只有听天由命了。你听，寨上的枪声已不似先前闹了。也许是土匪打不过队上而退去了。唉，但是不知你三叔同你伯父及那些侄儿们呢？"我母亲本是想安慰我大嫂的，说到这里她的声也咽了。"他大哥守的南城。二婶，枪声不是从南边来的吧？"她已哭得不成声了。当我们正在悲泣之际，忽然黑黑的来了一群人。我们登时吓得往沙滩上张家立的节孝坊后躲。只听见那群中的一个说："东西没拿不要紧。"音调非常的熟，母亲便冒着险大声问道："那不是李亮臣先生吗？"那回音果然是"是"。"你是二太太吧？"我母亲回答了他，于是我们三人便有了依附，随他们往他们一家亲戚家里去了。

他的亲戚家离我们的寨还有十里路，走到那里天快亮了。他的亲戚待我们很好，让我们在他家睡，他们派人去探信去。但是我们怎能睡得下去呢？

我冒着露水面向南望，氤氲的曙光中，在我们寨上居然有三处火起，一处靠西，一处靠北，一处靠东。三处火好像赌赛似的烧起来，越烧越大。刹那间南半的天空都变红了。"西边一定是悦来家，东边一定是福盛馆。但中间一处是谁家呢？"村上的人乱杂的嚷着。我们何尝不知靠东的定是我们家呢！但是未经别人证明之前，总自己安慰自己说自己的视觉错了。现在大家居然证明东边的火是福盛馆了，你说那时我们心里是什么味儿？那时我们所能作的只有对天狂呼，请老天爷保护我们全家平安，我们只会南望流涕。

　　我母亲念家心盛，一看天大亮了，便同李亮臣的太太回寨去了。她回去时候原说教我们在那里等家里车来接的。不过经了这次惨变之后，谁不想赶快到家看看家人都安全不安全！所以我们不曾等到车来，只听到土匪确已走了的消息便也回去了。那时太阳刚出到地平面上，远村还半锁于晓雾之中，草上的露水还是瀼瀼的，走过去鞋都是湿的，那种清香也复沁人心脾。明知土匪走了，但是平素听说土匪常常因为一时未寻得财物，或是未找着要报仇的人，会走一刻还来的，所以仍是风声鹤唳草木皆兵。路上行人三五成群，议论纷纷。有的说："到底是福盛馆的积行好，虽说一座堂楼被烧了，累代的积蓄只剩了一堆灰烬，然而人还未伤。"有的说："这次祈宜镇破了，除了西头李家，谁家损失也敌不过福盛馆。里堂烧了不算，大少和五少还都没有寻着哩，只怕是被驾走了……哼！三千五千能赎回来还是万幸呢！"我大嫂本有咯血之症，当她听到大少失踪一句话，简直连什么话也不能说，只叫了一声"我的……"吐了一大口鲜红的东西便晕倒了。我本来就是没有用处的，况且那时又是十五六岁的小女孩，猝然遇到了这样的事，自然只有用身子靠着这气息奄奄的嫂嫂含泪祈祷上神，请他早派救星来到。

太阳渐升渐高，看看时已近午了，方才遇着和我家隔壁邵家的接他家的大相公娘子同三奶奶的车将我们带回去。

寨外的一切还是仍旧。吴家的节孝坊，田家的桃源，都不曾损失分毫。寨内可不然了，铁头穿胸的尸骸，栋燃梁焦的房屋，呼儿唤女的哭声，构成了比书上描写的地狱还惨毒万倍的景象。至于我们家里原是土匪存心破坏的中心，其景象之惨凄更是不必说了。虽然我们回到家里的时候，家里的佣人和我二哥五哥六哥都已经回来了，院中的尸骸都抬走了，火也熄了，然而由大门到里面，满地都是血迹和衣服和打碎的家具之类。每个屋里都堆了好些半烧毁的木器。院墙角发现了一只耳朵，客房内条几上发现了许多肉屑。据老厨子说当他回来的时候，厨房还有血污的下衣。肉屑大概是刘家三少的。他也是绅士之一，治土匪是顶出名，顶能干的。所以他们特地把他抓在他们的首领面前乱刀剁碎了。土匪首领那天晚上，大约是以我们家的客厅作驻节之所的。血污下衣怕是兴隆太家姑娘的，因为老厨子说，他是躲在东寨墙下乱葬坟间，所以他回来最早。他回来时，看她在二门下吊着，还是小吴同他把她放下来呢。至于她怎会来到这里，那怕只有死者知道吧。

　　大约在下午一两点钟的时候，我们家里的人大半都回来了，就是未回来的也都有了下落。原来我大伯同我二、五、六、七哥守的是东墙。他们直守到有十几个土匪从十字口过来向他们放枪的时候，他们方逃性命。我大伯年迈力衰，跳过墙去就将腿跌折了。幸得我二哥五哥也逃来了，才算将他抬到河东岸高粱地里躲着。我六哥七哥见匪来了，就顺着围墙往北跑，直逃到北门附近，忽见一股土匪来，遂从墙上跳了过去。据他们说好像有神保佑似的，不然怎的三丈来高的寨墙，跳时只觉得同门槛一样？

　　今天听我六哥说我家的两个别墅已被焚毁的消息，使我想起这一段悲惨的往事，又使我想象出我们故乡的景象——无数的劫灰。

贞　妇

"那里的野女人？陈总长的三小姐才是我的媳妇呢！打！打！"慕凤宸两眼发出比豺虎还要残酷的凶光，怒发冲冠拿条马鞭子劈头劈脸向何姑娘乱打。

"哎呀！真硬心啊！不认我也罢，何必这样苛？你全当行好！"何姑娘觉得满身痛不可忍，口里哀求，身子却竭力挣扎。但是强横而多力的他，抓着她直像鹞子抓小鸡一般，那能挣得脱。正在欲生不得，欲死不能的当儿，有种天崩地裂的声音袭来，原来是四眼（狗名）将早上喝"糊涂"的饭碗扒打了，方才的一切都是梦境。

突，突，她想到梦境，心还似小鹿似的跳着。

"从此断了念吧！每次梦见他总没有见过他的好脸！"她幽幽的自己说了几句，两泓清泪又在她的枯瘦而烧得绯红的脸上流着。

"薄命！薄命！三个月死了父亲，五个月死了母

亲……只说长大了可跳出火坑，又遇到那母老虎般的婆婆，没良心的男人……"她由这场恶梦，又联想到她不幸的遭际。

"钱怕是建章拿去还赌债了，偷梨的总是建义。"她因为连日发极高度的热，舌头干得同枯叶一般，简直不能打弯，很想吃点解渴的东西，不意向床里一摸，再也摸不着前天高四婶送来的"粗皮香"。不独梨摸不着，傅举人家送来的四串枕头工钱也没有。"哑子吃黄连，有苦说不得。"此类的委屈是她的家常便饭，何况这点小事？偷偷的，低低的嘟噜两句，此事便算了结了。

望望纵横不满一尺的东向的窗户，太阳已经全出去了，大约此时已快晌午。欠起身来，想坐会子，免得腰疼得折了似的，那知身子还未坐定，整个的房子都旋转起来，立时头昏眼黑，只好躺下，静听着，有人从窗前过时好求他给点开水。

"二嫂，你的精神真来得，要我这样拼，就没有命了。我们四个人拼你一个。"哑喉咙的分明是何三奶的声，大约此时她们又在堂屋里间打牌了。

"那有的事，这两场因为精神来不及，差不多输的认不得家了。"吱刺刺的声音尖得刺耳；无论谁，只要是会过邱二奶的，都承认是她的玉音。

"何三嫂你这几天的运气真好！建义说你昨天一趟赢了'串八子'！"卖豆腐家说。因为她娘家是枣阳人，口音和本地不同，一听都知道。

"你听那娃们瞎说，没输，就算运气了。"何三奶虽竭力否认卖豆腐家的话，可是她说话时高兴的音调，已将卖豆腐家的话证实。

"老吴泡茶来。世间可有你这样'摸索'的人？只管说今天晌午蒸一馍，饭要晚点，怕客们顶不着，教你打几碗荷包蛋，炕盘馍片来，直到现在还没有摸出来！"何三奶喉咙本就有点哑，这样提着嗓子一叫，真像敲了阵破锣。

登登，登登，一阵连跑带跳的足音自远而至，接着又是个小女孩唱曲的声音，那群牌友的高言伟论，都因此听不真了。她唱的是：

"拿起线蛋往东缠，缠得蝴蝶闹花园；拿起线蛋往南缠，缠得蝴蝶戏水仙；拿起线蛋往西缠，缠得大红绸袄绣花边……"

"小九你乖的很！你看厨房的锅要是开了，教老吴端点给我喝，渴死了！"她由歌声及足音断定自外进院的

是她的小侄女，小九。

"你不会叫老吴？又不是哑子呢？我使不动她。""拿起线蛋往北缠，缠得八褶裙子罩金莲。"她叱狗似的搪塞何姑娘两句，又洋洋得意的唱着她的曲一溜烟跑了。

"唉！连小九都这样对待我！她自从不吃奶，梳头裹脚，穿的戴的那样不是我承当？现在是看我不能伺候她了！"想不到小九也如此可恶，不禁汽汽的叹息了两声。

小九的唱声刚远得听不真切，那群牌友们的谈笑声便起而代之。

"你们看老吴多么笨，打鸡蛋，竟做得这样老，这吃了不顶心？"何三奶在挑剔端来的荷包蛋。因为她看见碗里的鸡蛋的黄，在白薄的地方，并不现出蛋黄的柿黄色。

"也吃得！"

"不是外人！"

客人都这样的劝慰主人。

"可是，三相公娘子，你知道事吗？慕寨的老太太死了；三少爷，慕凤宸你的妹夫，已经奔丧回来了——你大妹的病这两天怎样？"东仓房的三妗奶向何三奶说。三妗奶的外号叫"包打听"，所以无论谁家的事，她总先知道。

"啊！啊！慕家老婆死了。你别提他姑啦，几个月都未起，有的大夫说不是病。要是这样，不愁坏人？！"何三奶的声调颇与平日说话不同，若果在她面前时，总可看见她挤眼撇嘴，做种种轻蔑人的表示。

"她不是怪庄重的人？"邱二奶问。

"心里做事的人多着呢！"卖豆腐家像接何三奶腔似的说。

他们的声音忽然低微，以后她便听不清了。

棉油灯本来就同萤火虫似的，何况又是一根细灯草？这样微小，暗深的光将屋内渲染得赛似包丞相审官司时布置的森罗殿。更因屋窄窗小之故，墙根，床下的潮湿气，久病者的被褥衣履的汗秽气，能使吸惯清新空气的人嗅之头痛、作呕。何姑娘躺在张破床上，下半截身子，盖了床旧织花薄棉被，被上有斑斑点的血痕，是她前两天流的鼻血。床前的破椅上摆了只缺嘴茶壶，两碗看去不黄不黑，喝着又苦又涩的茶。因为老姑娘回来了，故何三奶有此特别待遇。

老姑娘是个面目慈善服饰朴素的人，年纪约在五十左右。她坐在何姑娘的床沿上，拉着何姑娘的枯瘦如柴的手。大约是姑侄们方才又提到何姑娘的不幸的遭际吧，不然何以她们都是满面泪痕。但现在因为何三奶在侧，难免有不能教她听的话，所以姑侄俩都默默无语，惟以泪眼相看。

何三奶坐在靠山墙的板凳上，是个中年妇人。穿了件浅蓝半旧布衫，紫巍巍的由绿色洗成的"竹节裤子"；"半栏脚"幸还周正；头还光，"兰花鬓"梳得将眉毛都盖去半截；眉目很清秀，只是瘦得皮都黏在骨头上，而且脸上带种抽鸦片的特有的灰色。有两三个半寸长的琥珀色的指甲，可知她是个什么事都不要亲自做的有福人。当何姑娘姑侄们嘘唏相对的时候，她同没事人一样，抱个水烟袋，咕噜，咕噜的抽个不住。

"姑啊！前天听见三妗奶说：慕家老太太死了，他也回来了。我想到慕寨看看，你看怎样？"何姑娘首先破了这屋内沉闷的空气，低低的问老姑娘。

"你别执拗了吧！妞呦！三妗奶的话虽然是真的，可是他要是有良心的人，何至于在外国相与洋女人，把你丢得上不上下不下；要是那慕老婆子欢喜你，也不同她娃拧成一股绳。况且你现在一天吃不上一大碗饭；发烧除外还三天两头吐血或流鼻血。"老姑娘是何姑娘的亲姑，从来看她同自己的女儿一样。她对于何姑娘咬着牙替慕家守贞的志气固然极赞同，可是她觉得何姑娘这回到慕寨去，除了惹气添病外没有什么好处，所以极力阻拦。

"唉！姑哟！我又不是啥小娃，二十五六的人了，啥事我想不到。我生是慕家人，死是慕家鬼，……只要，他让我死在他家，就算他有良心了。像我这样没福的人还想啥名利！"她虽是诅咒生赞美死的人，但求生乃人生的本能，说到此处，也不禁抽抽咽咽的哭了。

"姑啊！你老人家别拦妹吧！一则妹是贤惠人，你不让她去尽孝，她心中不舒坦，二则人谁没有天良发现的时候，慕三少见了妹也许想起往日夫妻的情肠，接妹回去都没准。"何三奶极力怂恿老姑娘，但神气很坦然，许是因为这堆狗屎有送出门的希望吧。

"你既是一定要去，也只好由你；不过要等病好点时候再讲。"老姑娘知道她的病全生于精神上的痛苦，事事不遂心；所以不敢去违反她的意思。但心中总想推一天是一天。

"那末姑啊！你可要给我裁身孝衣。他家一定不会给我预备孝衣。你裁好教东庄二姐做；姊妹们搁得怪好，

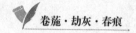

她总肯。陈六娘借我有十串钱，方家还有三四串衣裳工钱没给我，这些钱也够买布同祭礼了。"何姑娘如此嘱托她姑。

"妹，回来时带的一千串钱我还在使着，这几乎老说还，老还不上。妹要啥，我这里有零钱。"惯于说空话敷衍面子的何三奶又在卖弄故智了。

"嫂子说那里话！因为我命苦，这几年不知道累赘了哥嫂多少。陈家方家的钱也该要了。"她强勉对何三奶惨然笑，表示她的感谢的意思。

这是慕老太太开吊的第二天。

虽然慕凤宸只是个留学生，回国来在财政部任事，但在没有见过世面的B县人的心目中"洋翰林"已是人间的阔角色，何况见月有人送来二三百块白花花的大洋钱。所以慕老太太开吊的消息传出后，亲友们不用说了，就是素日和慕家无大交谊的人，也厚厚的备了份礼，来结识阔人；别的人不讲，就闲住房的阿狗还称了十斤纸送来。此外还有种使附近乡人趋之若鹜的原因，就是，慕家这次丧事办得异常阔气。据说这两天慕家前后院都搭着棚；棚前还有成对的斗大白湖绉彩球，随风飘舞；除了最后最前两层院外，中间两院的棚下都摆上桌子板凳以便开流水席。堂屋阶下砖砌的化钱炉差不多有一围粗细；东西厢的檐下都坐满了女客们带的老妈子和小孩。菜罩子和金银山简直数不清；金童玉女的衣服都灿烂夺目；缎子帐子、白竹布挽联因为屋内已挂满，有些都挂在棚下。余如喇叭、响手、和尚、道士，自然应有尽有。

这天下午是大姑太太上祭。母女情重，姑太太拍着棺材哭得哀哀欲绝。大老爷兄弟们，大太太妯娌们，开头也是陪着哭，后来觉得姑太太哭得太痛，深恐有伤身体，便相继收泪来劝她。

"三老爷，外面来了两个女客，一个是病的。她们说那病的是三……三太太不是在天津没有回来吗？"当大家正在劝姑太太时，小伙计芸儿来报了这个消息。这个消息真离奇，大家都为之发呆了。

"你三叔，八成是何姑娘。既然来了，教她进来？"大太太问凤宸，因为何姑娘是他的人。

"好吧！"凤宸毫无成见的回大太太这句话，可是心中顿感一种非酸非苦更非甜的特别滋味。

芸儿刚出走，接着就是两个黑胖胖的小伙抬进来个三层的食盒；盒盖上缚着两大捆纸。大太太忙过来，将食盒打开。第一层是：一只二斤来重的鸡子，一条尺半长的鲤鱼，一个二斤重的"肉方"。第二层是：十一个六两重的大馒头。第三层是：一封签子香，一挂"五百头"，两块锦箔。"现在啥都贵，这份礼怕要花了四五串。"大太太看罢这些祭品，暗中估量了一下。

供物还未摆好，一群客人已拥着那俩女吊客来到后院。只见那俩女客：一个年约五十来岁的老妇人，穿了件崭新的老蓝竹布衫，墨羽缎裤子；两只还不到四寸长的小脚，收拾得周周正正，穿双青缎子小鞋；就她的神情和举止上看，出身并不微贱。一个年纪却不大，只是病得骨瘦如柴，面黄似土，上气不接下气，披麻戴孝；半倚半靠的坐在张大圈椅上，由来福和黄老大抬着。

"这到底是谁？"

"慕家三太太，何家姑娘，有小三那年休回去的。"

"可惜了咧！从前真是个'样支支'的小媳妇。瓜子面脸，有几个碎白麻子，几年不见，现在竟糟蹋成这个样子！唉！"

"这样，还来烧啥纸？"

"方圆左近，谁不知道何姑娘是贞节女！前年杨镇的局长颜大老要娶她做填房，她还不肯。"

两个女客刚走进二门，东西厢的檐下坐的女客们已纷纷议论起来。

大圈椅抬到堂屋阶前便放下了，为的是屋内都是女客。

"那位是大太太？"安详而有阅历的老姑娘问身边的老妈子。

那个老妈子忙到供桌前向大太太低低喊喳了两句。

"方姑娘你来照护下供物，我去同客说句话。"大太太向素来不爱管事现在在阶上站着看热闹的二太太说。

"这想就是你慕大嫂，我是何姑娘的姑。因为她病得很沉重，一个人来我不放心，所以跟来。她是不能走动的，你可以叫女嫂们抬她到灵前。"大太太走过来时，老姑娘向她道了个万福如此说。

"好，好，原来是何大姑！"知礼的大太太忙回了个万福很谦逊的说。回头又望着旁边两个膂力方刚的老妈子说："老李，老胡，你们把三太太抬到灵前。"

老姑娘代表她的侄女拈罢香，奠罢酒，照例来到灵旁哭了儿声，经大家一劝，便收起泪来，到她的侄女身旁。何姑娘望着成双成对的哥嫂，和狠心无情的夫君，心里比刀剜的还难过；满想借着这哭婆婆的机会，把有生以来在过继哥嫂、婆婆、丈夫跟前受的委屈，和惯于

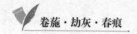

欺凌弱者的人们的冷嘲热讽，都痛痛的哭出来，无奈气力不支，有泪无声，只有哽咽的分儿。

灵前的景色本就惨淡，再点缀上个受尽命运的蹂躏的垂死病人，虽在青天白日之下，大大，小小，老老，少少，在场的人都感种深夜置身丛坟的恐怖、凄惶，都觉人生只是一幕悲剧。连往日曾兴风助浪、陷害何姑娘的姑太太也为她的愚节痴情所感动，本来是同二太太、大太太过来劝她的，反而哭得抬不起头来。这种悲剧的空气越来越厚，刹那间，一室之内，无人不珠泪纷纷。

"慕相公，他姐有话同你说。"老姑娘含泪走到慕凤宸面前传达了何姑娘的意思。

对于弱者的同情，对于已往的孟浪的行为的忏悔，视她久同路人，而且久经世故的凤宸，此时竟面色惨白，呆如木鸡。当年自己靴帽蓝衫，十字披红同她拜天地、祖先的情形；洞房相对，自己的傲慢凉薄，她的婉顺娇怯的情形；她被弃后，精神方面的失望，物质方面的穷乏；一切，一切，都梦一般显现于他的心目中。

在此理性失了统御的能力、感情极力暴动的状态中，凤宸迷迷胡胡随了老姑娘走到何姑娘的椅前。

"也算是夫妻……一场！是我……我前世……烧

了……断……断头香。……你……你为……啥？……生是慕……人……死……鬼……！"五年来为他蕴蓄的爱恋、哀怨，只迸出了这样点断断续续的零语！她拉着凤宸的手，泪如涌泉。紧接着，喀，喀，咳嗽了阵子，老姑娘忙用手巾去接着要吐的东西；"葱白头"手巾上沾了不少红迹。

"何姑娘！"凤宸忙用向来对她不曾用的诚挚、温柔的声调，含泪的叫她一声；但对方默然无语，惟见她的头渐渐向左边歪，握他的手也渐渐松了。

凑慕老太太的势，何姑娘也于二十八日出殡。原来在她吊丧的第四天，她这个人生悲剧的主角，已下舞台。

她的坟就在慕老太太的坟的旁边。坟旁有块小小的石碑，上铸"贞妇慕门何氏之墓"。她的目的竟达到了。

死亦无别话，愿葬君家土，
倘化断肠花，犹得生君家。
——季树芳《刺血诗》

一九二六，六，一八

缘　法

要知道玉珍的死于雄东有什么影响，只看从她死后他的悲痛思慕的样儿就得了。

她虽然死后只有两个月，他却另换了一个人似的。丰硕而伟岸的躯体，现在只剩干骨头了；少女般有红似白的面庞，已和害了三年痨瘵的人差不多；再配上四个月未剪的头发（原来自她病后，他除了照护她外，什么事都不做），未刮的髭须，深陷而发呆的一双眼睛，更衬得他一分像人，九分像鬼。

他的家人恐怕他要疯癫。这决非神经过敏之论；他确已上了疯癫之路，固然有时神志也还清明。自从她死，他不许任何人进他的房。她病时盖的被子，还在床上乱堆着；她死的前一日吐的血，还在地板上凝结着；以至残脂剩粉、茶铛、药瓶，一切一切都保持着她死前的秩序。他不令人动这些东西的理由是她的灵魂夜夜还来伴他，若果房中的秩序改变了，她便不来了。虽在三伏天，大家都挥汗如雨的时节，他也常躲在房里，不蒙着被痛哭就抱着她的衣物或遗像热烈的亲吻；有时更喃喃向空气说话。最使他母亲害怕而且惊异的是：有天老妈进房叫他出来吃饭，他竟扑在她身上，搂着她叫"心肝呵！可想煞我也"。

　　雄东有个叔伯舅，姓赵，是西乡出名的"土疙疸"。虽然他见年总在置买田产，可是每年过冬总是那件黑棉布撅尾巴小棉袄，老蓝布棉裤。除了亲友家有红白事，他那件毛蓝竹布长衫，黑瓜皮帽是难得见天日的。什么地方公益事更莫想教他拔个毫毛，人家都说是吝啬的报应，他虽曾生了三五个子女，大都于未成人时死去，只有三妞长命，现在还活着。不过她虽可以慰安那对老夫妻暮年的寂寞，可也是他们的一顶愁帽。因为她既黧黑多麻，身材赛似排缸，他夫妻又想她嫁人家的独子，免得妯娌间惹气，所以芳年过了三十尚且待字闺中。"女大不中留"，年境又荒乱，她父母着急自也难怪。

　　像雄东那样二十多岁的净房，每年还能挣二三百串钱，家里又只一双老亲和个十二岁的小妹妹，就在别人

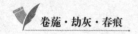

也看做好媒，自然赵老夫妻视为千载难遇的机会。

因此，向来在屋顶上开大门的赵四爷，居然破例到集上买了些肥肉，和些海参、鱼翅、油鱼一类的海菜，请了王翰林家的大师父办了点丰丰盛盛的"八大件"，款待他的久不回来的老姑娘——雄东的母亲。

除了这桌空前的酒席外，他们老夫妇求亲的方法是这样：当他们老姑娘刚到屋里吃罢茶时，他俩便拜花堂似的，双双跪在她的面前，无论怎样拉都不起来，口中说道："你五姑，这门亲你总得答应。——你全当可怜你的侄女，你的老哥老嫂子。男大须婚，女大须嫁，三妞老说不下人家怎么好？你做姑的忍心看她将来扎老女坟吗？——自己的侄女，总比外人好，老了也可以伺候伺候。——若果你肯，他何三弟没有不肯的，读书人几个不听老人的话。——你只要肯，我拿东庄那三顷活水田陪送，衣服，首饰，你点就得了。——可是你五姑啊——你不答应，俺俩可不起来！"

其实雄东的母亲是三妞的亲叔伯姑，三妞的人品和脾气，她何尝不知道，所以当他们老夫妻跪下求亲时，她原抱着不答应的决心，把什么事都推在雄东身上，只说儿大不由爷，她作不了主。可是听到东庄的活水田，又想到三妞那一百件布衫、一百条裤子的嫁妆时，她不知怎的耳朵竟软了，面上的皮也不似先前绷得鼓似的，立时说："快起来哟！咱老姊妹们的话好说。"等到他们起来拿了对荷包和大红丝线腰过的元宝时，她就不做主的笑眯眯的接受了。

"那末，你为什么不愿呢？"雄东的母亲在院中竹床上坐着问。说时话中已含了不少怒意。

"这还用问，三妞，比玉贞那一点。玉贞又能剪又能做，粗的细的，锅上锅下，那里不行？到咱家六年，娘，就你说，她对谁红过脸。再说还识字。她妮那原是四舅的人头，四舅母那样大年纪处处还要支应。四舅夫妇固然成年难得尽量吃过顿肉，可是她每天总是不吃素的。就这样还是今天鼓腮，明天噘嘴。那样大的人连对鞋都捏不上。性情也就太温柔了，去年秋天不是因为吃柿子同东庄方四家骂架。人品我也不说……年纪又这样大。——玉贞刚死我就这样忙……你愿我不愿。"雄东这样的反抗着说。

是时月已升上东房脊，他面东坐，银灰色的清光正射在他的枯瘦而惨淡的面上。

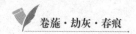

"你这小杂种！你娘说一句，你就说十句。什么事都在命，王家女固然好，她为什么死呢？你命薄。你见谁家姑娘进门就带着半个庄子。……我教你爹来……"她气得只有喘气的份儿。

"他妈的！你们这群杂种一进了洋学堂简直要不得了。亏得还只是个什么鬼孙师范毕业。你不愿成吗？媳妇原是娶来侍奉老子的。只要老的看中，就是好。你看中，我和你娘看不中还不是送她回娘家……这混帐王八蛋非打个死活不行。"一个半瘦的年约五十来岁打着赤膊的老先生——雄东的父亲——气得胡子都撅了起来，手中提只大烟枪，从房里跳出来。原来他正在房里过瘾，听得他娘们说拧了，特意出来给他的老伴助威。

"舅同妗子都别生气！雄哥不知道什么，自然老人的话都没错。雄哥出去吧，何必等着挨打呢？"雄东的表弟，十五六岁的少年学生，这样说着推着雄东出去了。

说也奇怪，结婚那天他到玉贞坟上哭得死去活来。可是结了婚不到三天，他竟高兴起来，整天在房中陪那黑美人玩，学校的课也不去教了。他对人说她并不很黑，只是不很白。虽然面上有几点麻子，可是十个麻子九个俏，她要没有麻子，怕还不会如此俏哩。只是因为她的脾气太温柔，他的小妹妹常欺侮她。就如那天吃鸡肉吧，那小妞子居然同她争起鸡头来，和她大骂了一阵。

他的朋友明夫本知道他很思慕玉贞，又知道他不愿娶这位大表姐，所以他结婚后好久未来上课，以为他定是病了，特来家里访他。谁想他在客房中左等也不见雄东出来，右等也不见雄东出来，千呼万唤可出来了，却是红光满面得意洋洋的。明夫心中暗自惊异，照例向他说："恭喜恭喜！真是新婚燕尔一步也不愿离开，可知这位嫂夫人是才貌双全的了。哈哈！"在明夫原是打趣他的，他却居之不疑，说："没有什么。可是她比玉贞有福像。人家都说娶一千不胜先，你说我怎样。我现在仿佛在三伏天太阳下走了多少路，骤到铺子里吃冰淇淋。这真是缘法。""缘法，肉体？"明夫脑中突然生此异想，可是马上这异想就化成微笑在他的颊上浮出了。

十四，八，三

林先生的信

　　凡作过学生的都应该有这种经验：在暮春初夏时节，每到午饭后便觉肢体酥慵，困得同懒猫似的。此时若遇到合意的功课，善于讲解的先生，大家还可睡眼惺忪的勉强支持；否则十之六七都要去串演《黄粱梦》。

　　"云想衣裳花想容，春风拂槛露华浓。若非群玉山头见，会向瑶台月下逢。"国文教员顾老先生正打着三十年来练就的富有抑扬顿挫的调子，摇头摆尾，高声吟哦。他的年纪约在五十左右。头顶半秃，宽头额，尖下巴，面上皱纹既多，皮肤又极黧黑，看去竟同树皮无大差别。

　　高中文科一年的教室原在东楼上，刚刚西偏的太阳恰好照了一屋子。虽也有风吹进来，但因时近初夏，久不下雨，些微凉意都没有。顾先生本穿了件缸青家机布里表新的夹袍，经此一晒，脑门上津津有水珠儿冒出来。顺手在衣袋中抽出一条似白而灰的一尺半来长的手绢在额上抹了一抹，出了口长气，仍然滔滔不绝的，平平仄仄，仄仄平平的讲作诗的妙诀，以及美人误国的可怕。至于学生是在听讲，抑在瞌睡，他满不在乎。

"当当"几声钟响，接着楼上的铃也摇起来，课堂上的空气顿然为之一变。未睡的学生宛如成人得赦，已睡的学生也如死人闻了返魂香，马上虎灵灵的睁开眼；偷偷的轻轻的将胳膊腿伸伸，预备送先生下堂。

"下次再讲。熟读唐诗三百首，不会吟诗也会溜。自习时要用心念。腔调刚才我已范读过了。"顾先生此时也只得收拾起书册下堂，虽然他感到一点钟的时间太短，深为书讲得少惋惜。

"下一堂可要抖擞着精神听讲了。林先生的英文。"馨如揉着刚睡醒的眼如此嚷。她似乎觉得上点钟不应该消磨在梦里；又似乎警告和她同病的同学。她是个天真烂漫，伶俐剔透，十五六岁的女孩子；脸儿同苹果一般，有红似白；头发剪得短短的，披拂在肩头；玉色竹布褂子，黑哔叽方领长背心。

"自然，要抖擞精神听哟！看教的人是谁！我们班上

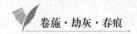

的事我全知道。馨啊别痴了，你看林先生，我表兄的神气，同往日一样吗？老实说，一个人来了。"雄先用了讥讽和报复的口吻说。大约他是不耐烦听馨如的话。他是男生中自命不凡的一个。别的不讲，脚上的白鞋，头上的头发，比女学生们收拾得还要白，光亮。

"雄先别胡扯，凭良心说谁对英文不特别留心些。纬云不是为英文不及格留级吗？什么话呢！他的神气的好坏与我何干？"羞和怒的情感竟将馨如苹果般的庞儿变得赛似关二爷。气愤愤的同他辩。

"雄先快告诉我，林先生的情人文涟女士来了吗？你何从知道？"醒民素来本就爱管闲事，况且这又是先生的恋爱故事，自然像新闻记者刺探新闻一般打听。

"快说！快说！"三五个男女学生都凑过来问了。

"我才知道呢。我的嫂嫂同她是挚友，上礼拜她来我家了大半天。青洋绉衣裙，黑皮鞋，长四方脸，不很白，小眼单眼皮。我嫂嫂还同她开玩笑，问她那天发红请帖；她羞得脸都红了，嫣然一笑，就去拧我嫂嫂的嘴。"

"听他的谎话，雄先是扯谎的大王。他不把凭证拿出来，谁也别信。上次他不说方先生同刘先生要订婚了？那有那回事。"馨如此时竟不顾别人的非笑来驳雄先。

原来她自听了他的话以后，心中同插刀似的痛楚。明知雄先同林先生有亲谊，说的话总有八成可信；林先生同文涟的关系又极深，对于自己是时有情时无情，但总想证明她未来上海。

"你们看吧！今天下午开教务会议，开罢会他们都往一品香用晚饭。我表兄的东西我差不多都知道在那里，明天准给你们凭证着。那时看馨……"

"先生来了！林先生！"大家都肃然归位。

第二天晨祷的时候，文科一年的学生几有一小半未到礼拜堂，虽然他们知道领礼拜的洪先生将来会为此责备他们的。他们争着看雄先自林先生房中偷出来的信。因为大家抢得太厉害，雄先提议由焕章朗诵。

最亲爱的亮兄：

为了热情的驱遣我竟逾越了重重墙壁去看你。满想在此次聚谈中乞得你的爱液灌溉浸润我这将枯的心苗，不想事实上竟大谬不然。你对我不独无诚挚的温柔的表示，面含冰霜，话带讥刺，最近来信中所表现者更冷酷刻毒万

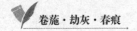

倍。唉，二年不见，你竟换了一个人！夫复何言！夫复何言！

你屡次（在信及谈话中）声明，教我别记挂你。过去的恩爱尽可勾销。倘若我的意见真与家人接近，就照家人的主张做去。一切罪名你都担当。你从此将一肩行李，飘泊天涯。你的心已同死灰，名利爱情都已不能动你的心。你这点也许是为爱我而发，你甘心牺牲你艰难困苦所创造的爱，为了爱人的幸福。你怕我一边为你，一边为母亲，弄得左右做人难。但是聪明的你怎不为听者设想。你知道甘将整个的灵魂献给你的人闻此将如何难堪。她觉得她的热腾腾的心骤落在冰渊中；她猜你是以此言来要挟探试她，或者别有所爱借此与她绝交。亲爱的人儿！若果你这话真为爱她而发，她将五体投地向你表示谢意；我将为我有了真知己而骄视一切人们。设若不幸真如她所猜度的，她从此将更感到人间的孤独！一切一切都从此完了，七年的爱史，只是一场旖旎的春梦！"无端又作长安客，再续京华梦一场。"不过过去的是旖旎温柔的梦，此后的是凄凉可怖的梦。古往今来多少英雄，才人，谁跳出此梦境？一日不能大解脱，便得任她（梦）做去！

在极无聊赖的时候我总喜欢揣测体察你我的心情。体察揣测的结果，我觉得双方都在怀疑，都有误会。你也许现在还不大厌我，其所以致怒的原因，大约生于嫉妒。怕我为了学生及同事的爱将你舍弃，其实你这种怀疑若仅就他们那方面论，也未尝不值得；不过你要知道我是曾经沧海的人。你为我牺牲天伦间的爱情；你为我当情焰如焚，热血沸腾的时候抑制了一般人所承认为难得抑制的冲动，在在都使我缱绻不忘。"千金买颜色，百金买气力，万金能买才与德，惟有同心买不得。"他们纵姿容出群，富逾陶朱，著作等身，岂能比我的同心侣之万一。亲爱的人儿，你大可放心了。我原是个丑陋笨拙的人，又无抛弃一切来慰藉你的勇气，弃之如遗，有何足怪。现已一瓣心香谨祝不久在街上见有个秀外慧中的少女在你身旁。亮兄，无论如何你总应设法将你的心曲向我剖白一次，在此彼此都抱着不纯洁的念头中纵然敷衍下去也无意思。即如此次见面时，你虽未拒绝我同你握手，然而往日的微妙销魂的快感都完全丧失了。

我的性情是向来不能容人的，但看爱的份上，虽然你向我说了如此的刻毒的话，我终以一笑报之。可是此种微笑实衷于痛哭。在此一笑中我觉得我失败了。我的爱人已不属我了，为希图他同我重续旧欢，故如此靦颜献媚。献媚与爱人是光荣的，这是交换爱的新证书。反之，献媚于弃我者，是屈辱，虽然不失为温柔敦厚者流。

你的事情能继续下去很好。固然此时我不在心上，可是我还私祝你的生活安适愉快。我还要说句似矫情而实非矫情的话，我这个伪君子（你心目中我定是此等人），也无留恋的余地，还是牺牲点对我的心回去看家人吧！她们虽爱你，爱得不得法，但确是真爱你的。我固然同镜花水月般只可眼中受用，增加烦恼，即你的理想人物恐亦如是。

情终不尽，奈何奈何。我总要念着你。多读书，少乱跑。爱人们的都是一样的，都是期望她的情人上进，出人头地。你不为我自爱也当为你的理想人、你的上帝自爱。不说了，留两句话暖自己的心呢。

　　　　　　　　　　　　呆子阿涟

　　"你们说林先生到底爱她不爱？"快嘴的方豪刚听焕章念完那信就嚷起来了。

　　"我想林先生同她讲的话是试她的心的，或者真为爱她太深，不愿她左右做人难之故。他向来主张爱要彻底的，有一次他同我们谈《少年维特之烦恼》时曾宣布过这种主义。"雄先说时向馨如瞟了一眼，似说看他们的情谊何等缠绵深挚，岂能容下第三者。是时馨如已听焕章念信听得怔了。只管将林先生近来对她的态度一一都仔细考量。所以雄先的得意话她都未听见，不然怕又要闹起来。

　　"说不定哟！男子的心比风前飞絮还没准！别的我也不知道，只看他上课时对……的浅颦轻笑就得了。林先生的什么都好，就这点轻狂的态度我看不上。我……"

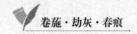

莲贞似嫉妒馨如又似可怜文涟的说。

"莲贞姊，那末你明天去见文涟女士，将林先生这里的Romance都告诉她，省得她如此痴。"小华又觉得莲贞的动气似乎无意识的很，故如此打趣她。

"可不！"莲贞慨然说。

"我们应该帮着林先生，看她们骂男子呢。"雄先、焕章、醒民还同别的几个男生嚷起来了。

"孟雄先少爷，林先生叫你问句话。"听差老俞在课堂门口张了一张，同雄先如此说。"林先生说他丢了一件紧要的东西，问我们可见有谁到他房中去。我们说见孟少爷在那里转几个弯子。"雄先问他可知道林先生为什么叫他的时候，老俞如此答应。

"岂有此理！你老俞真快嘴。"雄先生气的骂老俞。"你们将信撕了吧，反正我见了他死也不认他是我的表兄……"雄先一面走一面同同学们如此说。

我已在爱神前犯罪了

梦骐：

　　真真的流年似水啊！孤独而浪漫的我又在江南漂流半载了。论理说我此时该快活了。功课已结束了，不必再镇日价提心吊胆为学生读书；而且不几天可回家看我的爱我如掌上明珠的老母，我的温柔而有才干的爱妻。然而朋友哟！我的心境恰与此相反。家园的乐趣总打不动我留恋江南的沉郁。我并非留恋江南山水的明秀，我是留恋，——你许要笑我了，留恋我的学生。我不知怎的，我虽然只和她们相处半年，除上课而外并无他种接洽的半年，他们的一颦一笑，都在我的脑中留下不可磨灭的痕迹。就是她们一个补讲义的条子，我也拱璧似的保存起来。其实这种举动，真也无聊之极；我希望这纸条能引起我对她们的回忆，苦酒般的回忆。

　　梦骐哟！你也许不相信我以上所说的话。不错，你是不会相信的，不独你，任何人都不会相信。第一，因为我这个人是很无情的，往往大家共同欣慕的女性，而我却不将她放在眼里。第二，碧琰的温柔明慧和她为我的牺牲都能击着我的心，使我自然而然的对她真挚，对她专一。但是朋友！人性太神秘了，太自私了。素来不轻易为女性动心的我，今日竟为秋帆（我的爱门生）迷得不能自主。我明知此种念头是对不住碧琰的，纵然伊了解我，不说什么。可是我不能否认我爱秋帆，我不能抵制我爱她的心情。

她是个什么样儿，你也许想知道吧。若就娇艳俏丽方面论，这样的人我也见了不少，不过她自有她的动人处在。她的身材不很长，是娇小玲珑一派的。皮肤也不很细，可是白得雪似的。面盘儿上宽下窄的长形的，天庭极为饱满。眼睛那就别提了，提起我就要发疯了，滴溜溜的好像澄澈的秋水中养着一块墨玉，——其实这也说错了，墨玉只能形容它的黑而有光，那里形容出它的生动。总而言之，她的一身是天地间灵秀之气所钟，而她的一双眼睛又是她全身中最灵秀的地方。虽然这个学校的学生都是很爱修饰的，擦脂抹粉，画眉贴鬓，无所不有，整天都打扮得客似的，她却未穿过什么颜色娇艳的衣服。我刚到这里时春寒还未退，她总穿件玄青色的河南绸旗袍。后来天渐暖了，她总穿宝蓝的、浅紫的、淡青的上衣，黑裙。入夏来总是穿白的。头发也是一把梳在后面，没有其他花样。粉似乎未擦过，就是擦也只是那保护皮肤的，因为我看她的白是人色的白，不照那些"顾影自怜"的人脸白的同粉墙一般。不过这种装束如加在别人身上，会教人看去同老太婆似的，她呢，经这样一装扮只显得洒脱透逸。朋友哟！她不独是闺房之秀，实兼具林下的风范啊。

她的作品你曾在我那里看见过。其实那篇论文并非她的得意之作。固然在那篇文章中你可以看出她的读书得间思想缜密的地方，但在她们那一班上像这样的人还有三两个，她的根底委实不怎样好。她的得意之笔是为他们班级友会编的短剧《遗产》。这篇所表现的人都是活灵活现的，寥寥数语将遗产的流弊都表现出来。朋友哟！我想秀外慧中四字，她真是受之无愧。

我发现她的可爱还是到校后一两个礼拜的事。

你知道我今年还只二十多岁，她们都是十八岁起码的女子。骤然将我摆在她们的面前指手画脚的讲什么建安文学的作风，李、何、归、唐的优劣，自然不免大难为情而特难为情。真难为情啊！初上堂的五分钟，我简直不知应该讲什么？我只好低着头，红着脸，据我所知道的，留声机一般向她们讲。此时不独她们听书的神气我不知道，就是她们都从后门溜出去我也不觉得，只要她们走时别有声音。在这种情形之下，我怎会知道，她是怎样的可爱。

我是这样的发现了她这样可爱的人儿：那天下午我从图书馆出来，从楼梯上往下走的时候，巧巧和她迎头相逢。是时因为天气渐暖，她已脱去她的玄色旗袍，穿了件宝蓝色呢夹袄，黑绒的方领背心，黑纺绸裙子，白袜子，黑鞋子，也许是她因为乍穿上新衣服有点难为情（这是以小人之心度君子之腹），也许是别的原因（请勿误会，我不是说她宠爱我），她忽同我羞怯怯的一笑。朋友！一笑哟，我永不能忘的一笑！若非此一笑，我不知何时始发现她的可爱。若非此一笑，我许不至感受这种说不出的留恋的哀感，许不至在爱神前犯罪。我感谢她，我同时也诅咒她。

现在此时我还不知她的尊名大姓，我还不知那本写得整齐，做的又有条理的论文就是她的，虽然我觉"似曾相识"。大约在一笑后一个多礼拜,有一天不知怎的她上课很迟。因此,课后她便来到讲台前,请我改出席簿上她迟到的符号。我因问道:"尊姓。"她说:"吴秋帆。"我听了这话不觉心中突突的跳了一下,面上立刻发热,不自觉的口中重了一句:"就是吴秋帆!"她听了这话,用了惊异的眼光对我望了望,就匆匆去了。

朋友哟!自此而后我知道她不只是花容月貌,而且是灵心慧性。我简直着了迷。我怎敢将她当学生待。我将她供养到心坎上,将她当情人待;若果对我些微有点表示,我甘为她碎骨粉身。我所以不敢对她表示的,是我自惭形秽,不配邀她的青睐。为了她我情愿在下着大雨的晚上自东城往西城去赴她们的诗学研究会。为了她,不修边幅的我,也一天照上几回镜。为了她,晚间吐血,第二天早上收拾得头光脸净的去上课,我到课堂里面,便先招呼她是否在座。若果瞥见了她,我便精神百倍,不独讲解时声音洪亮,连一举一动都要表示出我的伶俐;我总猜疑是打钟的将下课钟提前的打了。反之若瞥不见她我便像失了心似的,觉得室中空气沉闷,一切都没意思,一点钟比一年还长。梦骐!从前我总讪笑你们,只要开会时有女学生出席,你们总是在开会之前早一点钟就出席，只要那班上有女同学，无论那先生讲得怎样坏都不肯缺课，我常说你们一见女性骨头就酥了，你们就忘了你是老几了。现在我方知这是不能自主的，造物造人时，特以此本能付人；我和你们也只是百步五十步而已。不过你们若见她坐那里听讲时那种闲静而不群的风神，听见她的清晰而中肯的答话，你们总可原谅我如此发疯。

你知道我和碧琰也是爱情的结合，我们中间向来丝毫隔阂都没有。所以我给她的信中，也提到秋帆的秀美聪明，和我爱她的心思。她虽然极尊重我的自由，但到此心中也未免有点酸意。她来信说：

> 只要她也爱你，你要同她亲密下子也可以。我相信你不会因她忘弃了我们当年患难中结合的盟誓。其实就忘了，又有什么要紧的？双方的绝对自由，是爱情的重要的属性。万一有此事发生，也只能说是我的不幸；道德上决不发生问题。我谨祝你们的爱成功！

朋友！你说她的措辞厉害不厉害？我接到此信后，

马上回她封最恳挚的信，表明我的心迹。深夜中跑到院里向上帝祈祷，表白我忏悔的心情，虽然我素日是不信上帝的。我为此请了一礼拜的假；我随后上课时又将初见她们时的态度拿出来，在课堂上总不敢抬头；她交来的本子我也不敢看，就封面上随意画上分数。总而言之，我用尽方法希望从此渐渐的将她忘却。

真的诅咒这次大考啊！梦骐，我费了一个多月的功夫可将心神渐渐收敛了，都为此事弄得功亏一篑。不然我此时大可无牵无挂的回家了。

这全不怨我。因为她是正对着讲台坐的，我不敢在讲台上正坐，特地搬张椅子坐在教室之左角窗下。谁想冤家路窄，教务处将座位调动了，她正坐在这一边。我不抬头则已，一抬头便和她正打照面。可是监场与上课不同，你怎能老低着头呢。第一次看到她时我心中觉得说不出的不安，像多年的老济公骤然动了荤；又像碧琰在那里满眼含着怨气望着。一次两次之后我竟忘了我是谁了，像铁被磁石吸着了似的，不独不自主的要瞟她，甚且要往她跟前走；虽然我也知别的学生会因此奇怪的。

女性们到夏天本就特别动人；因为此时的衣服最单薄，周身的曲线美全都显出来了；最撩人的还有那身体上蒸发出的粉和汗混合的芳泽。她呢，那天穿的是白如鹭羽、薄如冰绡的白夏布衣裙，白袜，白鞋；襟头上还带枝幽香四溢的白兰花。漆黑的头发一把往后梳着，松松的挽个S髻；髻边插一支碧玉的球形的簪子。低着头凝神构思的写卷子。那种态度真是雪样聪明，水样灵动，明眸皓齿，出尘绝世，如月下的白莲似的。

她也许觉察出来我的意思。当大家都交卷出去，她一个在那里仔细推敲的时候（因我的考题是可自由发挥的且不主张抢卷），她的雪般的面上忽然起了阵红晕。她又想偷看我，又怕羞。啊！啊！她这样一来，我心魂更飘荡了，我觉得她的雪白的面孔上加了点红晕更显得妩媚，眉梢眼角，显出无限深情；那种羞怯怯的态度，使人由敬生爱，由爱生怜。我的血都沸了，心更跳个不住，我们男子的占有的本能忽然发作了。我要向她作亲爱的表示。我站在她旁边看她写字；用扇子替她扇；劝她不要急，慢慢的写；我说："只要她有空作，我总有空等。"质言之，平日极粗暴的我，此时算会体贴人不过了。要不是我的自惭的念头还不曾消灭，我真要抱她，吻她了！然而我也试了几试。…………

留恋呵！留恋呵！因为舍不了她，我留恋这个学校，我更留恋江南。但是我此时还留恋什么呢，除了保存此印象供他日的回忆；昨日我厚着面皮往学校找她，她的朋友熙华说她已同她的哥哥往上海了。朋友哟！我怎样好呢？往上海找她吧，偌大个上海更从何处找起？回家吧！我已在爱人前犯了不忠实的罪，怎见我的多情多义的碧琰！……

一九二五，七，二〇

晚　饭

因为四年级今天下午开级友会，所以阿逸回来的较往日特别晚。是时天虽未大黑，但太阳已落尽，街上的电灯都在苍茫的暮色中发出光亮。她预料此时她家里的饭菜定已弄好，碗筷定已摆上，爸爸，妈妈，么叔叔，定都在饭厅上坐着候她。甚至于他们等待不耐烦了，已经在吃，都说不定。不想事实上竟出于她意料之外。到家一看，不独饭厅上黑漆漆，静悄悄的，没有一个人，就是书房里也复如是。

"妈妈也出去了吗？么叔！"她看见东厢房有东西射出，知道么叔叔在家，遂站在书房外间如此问。本来今晚上的情形，在她看去，委实太离奇。因为妈妈、爸爸向来不大一齐出门的；妈妈常说，家中若不留个自己人看家，听差，老妈，会将天翻个过。纵有时实在碍着朋友们的面子不得不同去应酬一下，也要于事前先告诉她，教么叔叔在厅上候她，免得她回来时，同失了窠的鸡娃似的没捉摸。

"妈妈没出去。后面房里躺着呢。"么叔叔隔着窗子回答她。

么叔叔这话委实给了她了不少的安慰。因为据她的经验，爸爸就在家，也不大照看她，只要妈妈在家，什么事都有捉摸了。她得了这个好消息，便迈起步往里面去，真怪，拉开屏风门一望，堂间同套间也是漆黑的。蓦地一个可恐怖的念头向她脑中袭来，她陡觉得屋内有王大妈说的红眼，绿鼻子，四只毛蹄子的怪物在窥伺她。

"妈妈！阿逸回来了！"她站在屏风外边急急的叫，声音已带哭声了。

"喂！我就在这床上哩。这样小的胆，阿逸这种贱脾气我真讨嫌。"妈妈很烈烈的咕噜她，说话时的声音同伤风了似的。阿逸此时真有点吓着了；怎的今天晚上一进门就碰壁？往常她一听见阿逸娇嫩的声音在叫"妈妈，阿逸回来了"，便乖的宝的叫起来；纵不然，就连那个"喂"字里也含了许多温柔，慈和的母性的爱。

阿逸本是伶俐剔透的小姑娘，一听见妈妈的话头不顺，便知此时不是撒娇的时候，只得提心吊胆，穿过黑

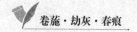

漆漆的堂间，摸到妈妈的床前。

"妈妈，你怎的这样早就躺着呢？你的鼻子像不透气似的！病了吗？爸爸还没有回来？"她在暗中摸着妈妈的手说。她所以如此说的原因，固然由于爱母心切，怕妈妈病了，只是还有一半是卖乖讨好。

"妈妈怎的哭了，这里这样湿！"她摸到妈妈的双颊时惊异的说。

"嗤！鬼妮子，摸些什么！谁哭了，刚才眼迷着了揉的。让我起来点着灯，教吴妈开饭。么叔同你想都饿个差不多了。此时已有九点，我们先吃，不等爸爸。"她噗哧的笑了。母女的爱竟战胜了嫉妒心。

菜摆上了。一大碗清炖蹄子，一碗木樨汤，一盘榨菜炒肉，一碟什锦酱菜。因为爸爸不在家，么叔叔，妈妈，阿逸各据一方。

"菜做得真漂亮！不留点给三哥哥？他今天出去时没说不回来吃晚饭？"么叔叔拿筷子去夹蹄子时如此对妈妈说。

"才给他留呢！三天两头的晚上出去。现在索性连电话也不给家里打，教人等到此刻。这样热的天谁爱下厨房？还不是他说了几次好久没有吃我做的菜，老吴做的菜太不中吃；我下午才到西单菜市办了些东西来，巴巴的弄了好久才弄好，面热得同酱熘的似的。谁知人家不领情，拿我开心呢！自然对着心爱的人儿饿着，也比对讨厌的人吃海菜席好。"她本装了一肚子两肋的气，经么叔叔这一提，竟像黄河开口似的滔滔的往外流：虽然面上还堆着笑。

"哥哥这个学期下午不是没课？"么叔叔未听出她的口气，又因为这样晚还未回来吃饭很挂念，故如此问了一句。

"哟！我那里摸清他的底！下午出去时，他说是什么韩雷博士来参观，要他去招待；因为他在英国时同这位外国人研究过经济学，我才不信呢！'月上柳梢头，人约黄昏后。'此时双双坐在公园里荷池边细诉深情，是多样自在！"她说时将头一偏，表示他的秘密已被揭穿了。

"那天我在公园里就见两个人，一男一女拉着手在柏树下散步。谁想到跟前一看，原来是李老师同十一年级的高玉华。"阿逸是不知妈妈和么叔说的是什么，因听见公园二字，便来插嘴。

"小孩家多那里嘴！"她瞪了阿逸一眼。她年来最厌听的是情人们双双在公园，街上走一类的事，虽然当年她也同他走过。

"你么叔叔——可是我们现在说闲话呢——我未到京时，你三哥晚上回来的早不？晚的时候你也等他？"她笑着问他。

"他大约总是十点前后回来。有天的晚上一点半方回，我先睡了，教刘升等他。不过这晚上是去看俄国歌剧。"他恐怕第二句话惹出事来，所以补充了一句。

"哟！人家也真有兴致。照我这样一年到头缩在家里，戏园中人不饿死了！"她照例将小嘴一撇，表示轻蔑人的意思。"你见过他的女朋友没有？姓胡的。我还见过相片。哼，真漂亮呢！两人亲着哪，他将手搭在她的肩上，还望着她笑。"她觉么叔叔只是十五六岁的小孩；想在小孩口中讨实话，所以更进一步的诈他。

"他有没有女友，我也不敢担保，不过我委实不曾看见有过女学生来找他。"

"妈妈，你看门旁好像站个人，还有影呢。"阿逸回头叫吴妈添饭时看见个人影。

"好！我不在家你们就骂我！我今天就是同密斯胡吃

的饭，我们还……最亲密的表示……这是她送的相片。看你这醋缸怎么办！爱怎样就怎样，我都任你。"爸爸突然跳了进来，面孔板板的，两眉微竖着向妈妈发作；并在衣袋中取出个信封来掷在她面前。

她一见他突然跳进来，本自吃了一惊；更兼他这凶狠的态度，是她同他结婚以来数年中所未见的。刹那间面上由红变青，由青变成灰白，浑身直冷，一句话也说不出。

"你这狭促鬼！方俊生谁不知道，偏说是什么密斯，……你看我收拾你！"她见那信是方俊生寄在学校约他今晚到忠信堂吃饭的帖子，又听得他噗哧一笑，不禁把眼一斜，变嗔为喜，跳起来去拧他的嘴。此时坐上有谁，她都忘了。

阿逸同么叔叔先本吓呆了；此时也相视而笑。

一九二六，六，五，北京

潜 悼

无微情以效爱兮，

献江南之明珰。

　　　　　——曹植《洛神赋》

　　我怎敢用"悼亡"的心情来怀念你，你是我的嫂嫂，我的族兄的妻！我又怎肯不用这个有特殊意义的"悼"字，男女之爱，何必同室同穴方为至极；况且我此时心际的酸楚，怅惘，恐奉倩神伤也不过如此！断臂洞胸的创伤和马蜂的一刺，同样痛彻心腑；一念的恋慕，往往使人颠倒至死。我爱的爱便是马蜂的一刺，一念的恋慕！

　　我们的爱是如此缠绵而飘渺。老实说，你果对我有爱否，你自己曾意识到你在爱我否，我真不知道。就是我自己如此倾慕而敬重你，对于你的顾盼谈笑都深深镌在心头，也直到得了你的不幸的消息时，方真真确确的意识到我平日对你的心情不是一般的倾慕或轻薄，而是可使人为之牺牲一切的爱。不然何以当我怀中拥抱着我的情人时候，仍旧解除不了因你死而起的酸楚，怅惘。总之，你确偷了我的灵魂，虽然你许无意如此；至于你的灵魂曾否为我偷来，你曾否意识到我偷过你的灵魂，我不敢说。因为如果我俩易地而处，我先你而死，便感不到这种神伤的怅惘，便无由确切证实我是否做了爱的俘虏。你在永辞人间之夜，你的灵魂虽然不寻我而去寻珏哥；而在凄迷的往事里，却未尝没有你爱我的证据。

纵然你的灵魂未曾为我偷来，我对你发生了爱已算犯了罪。我所谓罪，自与一般道学先生们所见者不同。浪漫的爱神，根本上就不认识人间的虚伪的道德。我之所谓罪者，是说我对于爱神不忠实。我不应该爱其他女子，我清清楚楚的意识着，我将我的整个的灵魂献给了我的生命寄托者，我的情人微微，而且她也郑重的以她的无价的珍宝来酬答我。谁想她以灵魂换来的珍宝是残剩的，我曾于无意间献给过别人；而且当她以爱神前的骄子自喜的时节，我正为你低徊怅惘，不能自解呵！

设如你的灵魂也被我在无意中偷来，那末你的忠

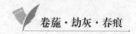

实的丈夫从你身上所得的只是个空虚的，没有灵魂的躯
壳；那末你之如花儿一般由鲜艳而衰残而悄然堕地的原
因，便是你由强制热情而生的哀怨。在亲族们看来，谁
不羡慕你们一对人儿，你如此明慧温柔，他如此练达忠
诚。只为多了个我，你们的情谊竟成被虫蛀过的古树，
外面看来未尝不根荣枝茂，那知其中久已空空。幸而他
生性老练，素不以儿女柔情介意，所以直到如今，他也
许仍在继续做他的好梦，然而你的美梦已自我偷得你的
灵魂时被惊破了。唉，谁的罪过？

　　犯罪是人们所诅咒的，全体一致的诅咒。但不到自
己身受责罚——尤其是良心的责罚——谁知道他自己也
有犯罪的劣根性在；谁看见犯罪者当理性为感情所包围
时的最后挣扎；谁可怜在不知不觉间将灵魂失去了的人
的悲哀！我不求天上人间的主宰原宥，我确犯了罪（对
微微犯罪，对你犯罪，对珪哥犯罪）。我何须求天上人
间的主宰原宥，我未尝有心偷人家的灵魂，我自己的灵
魂却于不知不觉间被人偷去，待我发觉时，只有刻骨镂
心的创痛。

　　可怜的人们，跳不出的樊笼，摔不碎的枷锁！怕什

么，真情与真理永久同在。我此时只知捧出我的真的，热的心献给天上的你！如果你始终忠实于你的丈夫，对我并无丝毫的恋慕，那是我侮辱了你的贞洁，请你把它当作我的忏悔录；如果你真爱过我，而以我的态度不明白为憾时，你见了它也可自慰于冥冥之中。

我们这段恋史实与你同珪哥的婚事同其始终。你来归我家时，这颗爱子便于无意中播种了。

在你未嫁之前，我已久闻你的美名。我家的使女小芬，据说曾服侍过你。我同玲妹，尤其是我，最爱向她打听你的一切。文小姐长，文小姐短，她说得竟使我为之神往，你的容止性格以及闺房的情状，我都可幻想出来。因此我往参与珪哥的婚礼时的心情，同往参与他人的婚礼时心情委实两样，道贺而外，还渴望着瞻仰你的丰采。我并且作了几阕小词贺他。此词调寄《昭君怨》（唉！怎的我竟用了这个不祥的调儿！），辞意颇艳冶，可惜此时已记不全，只记得"娇怯欲无言，恣君怜"两句而已。

我们的家都在乡间，所以你同珪哥结婚时的仪式，十九还是遵依数十百年来的旧俗。按照我们乡间的旧

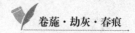

俗，新妇下轿后，上头前，必有三种"生肖"是被忌的，而我的"生肖"便不幸就在这被忌的三种之中。当我从人丛中挤进新房看新娘时，你已脱去催妆衣，揭去"盖头"，上了头，娇娇怯怯的，坐在床上。

是时你不过二十岁，恰是朵鲜艳的含苞待发的花儿；我也在乍成人后，对于性的意识仍在朦胧迷离之境。当我未同你见面之前，并不是没有见过绮年玉貌的女子，但我对于她们宛如浮云之过太空，充其量也不过如对名花好鸟，我的心魂从未因她们的美丽而振荡过。然而你的美所启示于我者却与她们大不相同。你的美使我的心魂惊喜振荡；从你的身上，我认识了女性的容色，姿态，神韵，甚至于灵魂深处的美。为我别开个新世界的是你。假如对于异性的美的认识能算做种解悟，你便是指我的迷途的名师。鲜艳的花儿不难得，而香色俱佳者为难；俏丽的女子不难得，而美而韵者为难。我的心魂何以为你的美而如此惊喜振荡，当时自然分析不明白，我的直觉所得的只是个惊喜，哥仑布探得新大陆般的惊喜。现在细想起来，拿历年来我倾慕你的心情与当时的直觉相参证，大约我之不单在你的浓纤得中、修短合度的体态，而在你的端庄流丽，清雅绝俗的风韵。

"芙蓉如面柳如眉"有何可贵？惟有"秋水为神玉为骨"者，方能使人"寤寐思服"。如以花儿来比你，我取芙蓉而不取玫瑰，玫瑰欠清；如以珍宝来比你，我取玉而不取宝石，宝石光辉外露，缺少含蓄。一般人也许以为你的风采欠时髦，我却认为你是个闺秀，你代表了中国女子所特有的美。

因为这次的识面播种下我对你的爱的种子，我的心魂曾为你的美惊喜振荡，所以那时所得的你的印象，我此时尚在保留着：你着的雪青色的衫裙，湖色的绣履，轻黄的丝袜；裙边和衣角上均有缀珠串盘的花儿。头上的首饰极少，一枝绢制的半开小花，一枝丹凤衔珠的金钗。耳上的明珰是珠儿穿成的。面庞因小病新起，微显清减，与后来的丰泽红润者有些不同。是不是？

我们乡里向来有闹房的风俗。我和珪哥都是闹房的能手。因五表兄结婚时，我同珪哥闹房的故事，你也许听珪哥谈过。那天晚上我们将我们这群儿分成两队：一队将新郎拖出去倒扣在书房内，一队人用新娘的四个睡柜，两套新被褥铺成个很舒服的"拦门铺"。我们就躺的躺，坐的坐，盘踞在这个床上守着房门，不许任何人出入。十二点后，新娘确是疲倦得支持不下去了，便由陪嫁来的女仆服侍她宽去外衣睡下。我们见她睡了，我们也一齐躺下，却屏气息声的听她是否睡熟。最后我们告诉那个女仆说，我们要去了，叫她去书房找新郎回来。她自然高高兴兴的离开新房。她这一去，新房内只剩我们几个调皮的大男孩子，和个熟睡的新娘。我们于是擎起桌上的红烛，轻轻揭开新娘的绣帐，鉴赏这位睡美人。就实际上说，这位新娘并不美。五官虽还端正，皮肤并不白腻。不过女子到十七八岁时，都自有种特殊的娇态媚态，尤其是纯正无邪的，未和男性接触过的处女。这种娇媚的情态也许不及少妇的浓丽鲜艳，但它是含蓄蕴藉的，有神秘性的，似是于极力掩藏之下而无心流露的；少妇之娇媚则实在性增多，而神秘性减少了。尤其动人怜惜的是睡态！呵！少女的睡态！男人们见了少女的睡态而不涉绮思的，除非是心如铁石，简直是不近人情。你看她沉沉熟睡着，桃色的绒毯半掩着她的躯体，粉红的衬衣，从窄瘦的地方，可隐隐约约的看出她的身体上许多部分的曲线美来；鬓发蓬松着披拂在额颊间；唇间的浅浅的笑痕可证明她梦中的甜美。还有，还有，说不尽！在这种情形之下，珪哥、琛哥等几个年龄较长的都已看迷了，琛哥更向熟睡的新娘伸手作势；我那时自然是"丑小鸭"不懂什么，但心上也感到一种说不出的愉快似的。

你初婚的晚上，琛哥等又提议将调弄表嫂的方法来"炮制"你，但我暗将他们的计谋破坏了。这并不是我不希望看你的娇媚的睡态，像表嫂那样中人之姿，睡时的姿态还能引起无知无识的我伫视凝思，何况温润柔媚的你。我之不令他们的计划成功者，是我的忌妒心作祟。也许这就是爱的萌芽吧，自从我的心魂为你的美所振荡而后，我认为只有珪哥有领略赏鉴你的娇态的权利；他前生修有这份福气，做了你的忠实的保护者，你的终身的伴侣。我自己窥视了你的令人消魂的睡态，对于你已经是种侮辱；何况他们这群粗鲁的男子。"他们看了她的娇态并非对她和珪哥的侮辱，简直是对我的侮辱。"我当时竟存有这样的念头。为这一念所支配，我自动的牺牲了我要看你的睡态的好奇心，我对于他们的计划阳奉阴违，待他们将床铺妥后，我偷偷的将此事告诉琛哥的母亲。她来新房将他们申斥了一顿，大家也都觉得没趣，夹着尾巴去了。这件事也许你已忘怀。你知道你那夜得同珪哥安安生生的享受你们的最愉快、最美满的良宵是谁的帮助？

是由于珪哥的宽纵我？是由于你的通脱？是由于你对我未免有情？我通通不知道，我只知道在许多向你讨"人事"的客人中，我占了最优越的地位，你以佩花贻我，又是我亲手向你的胸前解得的！

我们乡里的旧俗，成婚的次日谓之"三朝"。这天早晨，新郎新娘要盛服拜祖先，姑嫜，及其他来贺喜的亲友。这大约即古人"庙见"的遗风。"庙见"而后，贺喜的亲友大都散去，所谓"喜事"者就此算告个结束。在这"喜事"将次告毕，客人将散的时候，凡是新人的晚辈及平辈而年龄较新人小者，都可向新人索些小"活计"或点心之类，作为带回家的"人事"。那天我也照例随着亲友们到你的房内领取你们的赐与。当他们乱哄哄的你争我抢向五伯母同珪哥要这样索那样时，我规规矩矩的到珪哥跟前，轻轻的对他说，我要新娘襟上的佩花。出我意外的，他竟慨然说："耐要花？可以。俚坐勒里厢，耐搭俚自家说去。"我真高兴，立时撇开众人，转到里间，那时你正傍着妆台坐着。大约因为方才拜人拜神拜得累了，你的可爱的丰姿中更搀了些动人怜惜的情调。你以左手托腮，低着头看女仆折叠床上方才换下来的衣服；见我走进来，忙打起精神来招呼。在这招呼中，我感到你的宁愿自己勉强挣扎，不愿人前礼数有亏的性儿。

"耐格朵花送拨倪，阿好？恰恰搭珪哥说过，俚教倪问耐要。阿肯？"我立在你面前很轻的说。

"只要勿嫌粗糙。"虽然就这样一句普通的客气话，你说时的情态音调，竟轻柔飘渺的像艳阳时节日下花间的游丝。

"难末，谢谢耐！请解拨倪。"

"……"你只嫣然报我一笑。

"对勿起，倪自家来解，阿好？"不知怎的，我觉得你这一笑对我似乎是种诱惑。

"……"你还是不作声，又报我一笑。

你对我这般放任，真使我觉得全身都是舒帖的。你坐着，我站着，我低下头去，恰当你的胸间！中人欲醉的兰息使我霎时间迷醉了，我自己竟忘我身在何地，我的心突然勃勃的狂跳，（我第一次为人心跳！）同时微微听见你似乎也在娇喘。

"啊呀！啥个解勿下，倪来替耐解，少爷。"我的手竟颤得连朵花都解不下来，旁边的使女也代我急了。

"谢谢！解下来勒。"她的话使我如梦乍醒，愧不自

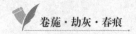

胜，匆匆的取了花儿退到外间。

"看倪弄到个赠品！"我高举着你的佩花给外间索
"人事"的客人看；一面向人夸耀，一面借此掩饰方才
的羞愧。（这也是我自己心羞，他们那里晓得这些情
形。）

"勿公平！格朵花实梗精致！……"

"岂有此理，新娘戴过个物事，那哼让俚一家头占
有，还是大家公分！"

"对呀！一个人分一瓣也是好格。"

"哼！有面子个人到处才有面子，勒新娘面前也有介
大个面子！"

"觌瞎话。悟笃搭新官交涉去，是俚答应倪格。"在
他们这七嘴八舌向我争夺吵闹的当儿，我一面辩驳，一
面摆脱了众人，得意洋洋的逃走了。

这朵花儿现在还在案头。因怀念你，特地取出把
玩。我得了它后，便什袭藏于我的锦匣中。匣内有滇的
英文小简，我与微微定情的照片。"美人之贻"，我的
无价的产业，我老年殉葬的物品。

以上所叙的只是我们认识后，我对于你的心情，

也可以说是你偷得我的灵魂的证据。至于你对我是否有爱，我究竟偷得你的灵魂否，那待现在叙述的事来证明好了。

你结婚的次年冬，你的小姑琡姊出嫁。照我们乡间的旧俗，新郎来家迎亲的时节，必要有四个未婚的男客作陪。这次琡姊的新郎，便是我同几位亲戚去陪的。

青年男女们都有这样的脾气：如果自己的他或她是合于自己的理想的，便要向朋伴夸耀；同时他们或她们又爱窥视评论别人的他或她。女子作了新娘自是万目睽睽，作参与喜事者全体注意的中心；男子到女家作"新客"亦复如是。当我同着那三位陪客将新郎迎在厅上，在那里揖让进退，闲谈调笑的时候，你同我的小妹妹玲及其他亲族的女眷都在屏后窥视。说也奇怪，人家所注意的在"新客"，你注意的却是我！我的一言一动都能引起你的注意，你的趣味。例如，"新客"面嫩怕羞，脸常是红红的，我说："悟笃看新官格面孔红得来，搭墙浪格红缎喜幛直头一式一样。"这是多么平凡的调笑，但你竟觉得是辞令妙品。"莹弟真会讲闲话！玲妹，耐听！"多呢，多呢，这种例子我也举不清楚了。总之，玲妹说，你在姊妹们谈话时，常常提及我——你

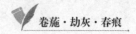

的莹弟！莹弟！试问我们那里的习惯可曾有称"小郎"为"弟"的？

玲妹的报告自然给我不少欣慰荣幸，我倾慕你，只怕你不睬我，现在你竟对我"垂青"了，还不欣慰荣幸吗？也许你以为这种特异的称呼和赞许都出于无心，也好。无心更自然，那是我的灵魂已潜入你的灵魂深处了。而且我颇知自量，对着你的纯洁而美丽的灵魂，我惟有珠玉在前，自惭形秽的念头，得你一句称许，已可使我毕生快慰，还求其他？

"分曹射覆蜡灯红（用句），滟潋星眸意暗通；××××××，都在浓欢浅笑中。"

我这首"悼亡"诗的本事，你当晓得，记得。这是前年春初的事。父挚的女儿朱女士来我家贺年，阿母特邀你来作陪。她本打算吃毕中饭即走，不想未到正午天气已变，起初还是淅淅沥沥的下雪珠，渐渐的降起大雪，她只好打消前议。晚后，阿母准备了些小菜和家酿送到玲妹房子给我们宵夜。朱女士原是放诞风流，不拘小节的人，你同玲妹更是自己家里人，所以那天晚上，虽然席间多了我个青年男子，而大家都没有丝毫拘束的情态。外面的风刮得呼呼的响，如波涛夜惊，如饥虎怒号；楼窗上的玻璃花喇喇，花喇喇，只是怪叫；雪下得更起劲，灯影之下，隔着玻璃望去，如扯棉花，如飞鹅毛，大者如掌，小者如钱，连翩飞洒，人的眼睛都随着迷离了。天下的事物都是要有两件相反的对照着，而后彼此的色彩方愈显明，所以楼外的风怒雪狂更衬得楼内的酒绿灯红的生活的富丽温馨。因酒性的刺激，大家谈得越有趣；因谈得有趣，酒也喝得更起劲。你说及你幼年同你母家的姊妹共读竞绣时的故事，如月夜听流泉；朱女士谈及巴黎人繁华富丽，金迷纸醉的生活，似海客说瀛洲；……一切，一切，在这种神经极端兴奋之时，都成了旖旎的梦了。

　　酒撤去的时候，已是十一点了，但大家都无倦容。望望四壁如雪，充满了橘红色的灯光的房间，炉中熊熊融融的火焰，几头案畔沉醉发怒的白梅山茶；莹晶照人，数尺高的菱镜，罗帐半垂，锦被横陈的床铺……坐在轻软得不觉有东西的椅上，对着带醉含笑、秀外慧中的人儿；谁都不免有"人生安乐，熟知其他"的颓废，纵恣，浪漫的念头，纵以宝贵的生命来博这刹那间的快乐亦所不惜，谁肯安安生生，老老实实的休息去？

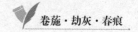

在大家都心迷骨醉，神魂飞越，要尽情享乐而想不出如何消遣长夜的当儿，玲妹在抽屉内寻出一副扑克。

"倪几家头就弄格个！"玲妹高兴得如科学家发明了什么新定律一般，在房间当中跳起来。

"好，好！"朱女士随之附议，宛如斗方名士看见他们所捧的旦角出台演奏一样。

"正好。只有格号东西好几家头一淘弄。勿然是一干仔向隅，大家也无啥趣势。不过倪是勿大会弄格，还要莹弟随时教教倪呢。"你的态度虽然不像她们的放纵，但兴奋的神情已流露于眉宇之间，绝不似平日的端庄矜持。

"自然！自然！"我如此答应。玲妹在下首，朱女士在上首，你我在两边，所谓"分曹射覆"的故事，便由此开始了。

现在很博时誉的某短剧大约有这样的话：我每礼拜必打两次牌，每月必装一次病；不打牌再看不见人家的太太小姐，不装病便领略不到女人的温存。我初看这剧本时，并不觉得这话有什么特别的意义，自从经过这次"分曹射覆"后，我方觉得这是作者经验之谈。这也许是可庆幸的，也许是可诅咒的，在严男女大防的中国社会还有这个场合（牌场），可使男女们领略到夫妻以外的性的安慰。我们因为家庭的关系，晤谈的机缘自然很多，然平心而论，在平日谈笑中，谁没有矜持的地方。在你的贞淑无邪的性儿，自然处处要忠于你的丈夫；即在我——曾经对你起过握手的念头的我（这件事你大约不知道，有次我往你房看画时，房内只我俩，我曾这样想过），——一方畏人之多言，一方怕碰你的钉子，同你也未尝有过过分的调笑。只有这个令人毕生迷恋的晚上，强烈的酒性，富丽而温馨的境地，助长了我们的情焰，使我们脱离了人生的实在的，拘谨的，丑恶的圈儿，跳进了神秘的，浪漫的，美丽的乐园。我俩对面坐着；我俩的目光时时碰到。我注视你时，你低头一笑；待我假装注意到牌上时，你又"眸光眇视"，对我流盼。你的流盼使我的灵魂顿时兴奋；你的微笑使我的灵魂得到安慰。你的流盼常时广及四座，然而我能用收电机的手段，将你送给她们的目光全副承受；你的微笑是表示对于我的灵魂的进攻的怯退，但我却觉得是我俩灵魂的融合。我的手曾接触过你的手，在我发牌给你的时候；我的脚曾接触过你的脚，当我指点你的错误的时候。你的连娟的秀眉，你的细腻的肌肤，你的柔语，你的巧笑，……朱女士同玲妹都笑我笨，将牌发错，她们知道我的欣幸吗？我鉴赏了你的各式各样的娇态——含有诱惑的，放纵的，平日人所不见的娇态。这种情态，想珪哥都不曾见过（他那样老练的人也许并不想领略这种滋味）。在你那拘谨严厉的翁姑统御之下，对着那老成练达，素薄儿女闲情的夫婿，你的娇态可曾显示过？我可对珪哥骄傲，虽然名义上，物质上，你是属于他的。呵！呵！我尚何求！我尚何求！

新年过了不多天，我便治装北上读书。半因交通的梗塞，半因对微微的依恋，直到去年暑假，我方回到故乡。到家不久，南北交通又断，我竟在家住了几月。这几月内，你因病魔的纠缠，我因情人的牵掣，我们的爱的园地内，并未放什么鲜艳的花儿。在我给微微的信内，却有几节是抒写我因你病深而引起的怅惘。

"我已到家了。家人喜各无恙；只是我素所倾慕的族嫂却得了不治之症。怅怅！她的病已有年余，其初只觉精神慵惫，饮食减少，后竟日益沉重。我在学校时，玲妹已函告我，但不想竟沉重至此。今天在她家拜候了她的翁姑后，便请那位伯母带我到她房内看她。她还是

很讲礼貌，见有客人来了，特令人将她扶起，靠在折叠
的被上。此时原是盛暑，我们穿单衣还嫌热燥，她却穿
着薄棉衣。她的面庞本来同满月一样，而今下部却显尖
了。但是如果不是你看见她着的衣服与常人不同，而且
倚在床上，起坐都要人扶掖，你总不会想到她是个病
人，病得很重的人。她的颜色娇艳极了，比平日还娇
艳，两靥的红晕，直如酒醉或含羞时一样。两眼呢，因
面盘儿清减了些，更显得大了，滴溜溜的，真像盈盈欲
流的水。病是很容易消蚀人的美貌的，只有痨病微异。
她这种样儿俗称为'脸开花'，是痨病深重时的现象。
室内虽还很整洁，和她无病时相仿佛，但因增加了些盛
药、煮药、吃药的器皿，充满春意的闺房，无形中添了
些黯淡凄凉的色调。我搬了个小机儿坐在她床前，说了
些劝她珍重将息的话儿，她只用含有无限凄怨的眼望着
我，最后方断断续续的，嗫嚅着说：'谢谢耐！只是倷
实梗格人，活勒搭死也无啥两样……'她说了这半句
话，又似自悔失言，抬起头来，望望那位伯母的神色，
接着说：'勿能够侍奉姆妈，倒反劳姆妈照顾倷。'
唉！她已病到这步田地，还如此细心；不细心行吗？处
在那样的家庭积威之下。后来她又问及我俩的事，她

说：'莹弟总归是有福气格，……可惜倪——呒拨格号福气吃耐格喜酒。'不知怎的，我听了'莹弟总归是有福气格'一句话，觉得极不自安，仿佛作了什么对不起她的事。我细细咀嚼她这句话的言外意，觉得她于自伤之外，还有怨抑的情味。"

"微微，我常说我不识愁，我今夜竟也感到渺如轻烟般的苍茫凄惋的惆怅。为什么？还是为那位族嫂。你看我那位伯父和伯母糊涂不？那位族嫂的病分明是由气闷得来的，他们不自责他们待媳妇苛刻，将她委屈病了，还是以为她的病是厉鬼为祟，请了些名僧高道来建醮捉鬼。今晚陪阿母阿妹在倚霞阁上闲坐，望见她家灯火辉煌，并依约听见梵呗之声，大约又在做佛事，四顾他处，却都是茫茫夜色。这种情景使我登时觉得，仿佛有种灵感启示我，说，她的病已无医好的希望，不久她就与世长辞了。我又从此感到人生的虚幻：虚名微利固然同水月镜花终必成空，朱颜玉貌固然由盛而衰归于黄土，即两性间消魂醉骨的柔情艳事也同春梦一样，在刹那间未尝不旖旎温馨，迨经过时间空间的刹蚀后，终必由明显而暗淡，而轻轻的，渐渐的，霎散烟消！人生何必颠沛流离，方见身世之飘泊，接于目，闻于耳的生灭变化，色色空空，已是令人感到如浮萍泛海，前也茫茫，后也茫茫！一切都是虚幻，一切都要归于消灭，她要消灭，我要消灭，微微也要消灭！下楼来，又寻得她作新娘时赠给我的佩花，……唉！微微，我说什么呢？你是多愁善感的人，当能体会出我心上的凄清的情味。"

因为人事的牵掣，我又于前月初泛海北行。到我把事安置妥帖，同微微南归时，你已独瘗荒郊。我想往你坟上祭奠凭吊，又因土匪猖獗，被家人搁住了。唉！生不得密诉深情，死不得凭棺一痛，这真是我毕生的憾事。为少补我这种遗憾计，我将各方面打听你最后一刹那的情形。

据你家的使女凤儿说，自从医生巫者对于你的病都宣告束手无策后，你的翁姑已将你置之度外，仿佛世间已没有你这个人存在，除了给你预备"后事"外，他们唯一的计划便是如何能找得个母家华贵的，能生儿子的儿妇（他们常常怪你没有生过孩子）。珪哥因为公务牵掣，未回来看你，而且你的翁姑也不曾把你病危的消息传给他。因此朝夕伴你的，只有你的母亲同凤儿两个。

你是二十八早晨去世的，在二十七晚，你的病并未发生什么巨大的变化；你只说你自觉身子渐渐轻了，轻得同片叶儿浮在水上一样；而且呼吸渐渐由粗而细，说话的声音渐渐由高而低。你母亲因怕深夜中惊动了你的翁姑，又同二十日晚那回一样遭他们一顿抢白，故不令凤儿报告他们，只灌些提气养神的药汤。

二十八黎明，你忽请你母亲寻衣服给你换。她不了解你的意思，只劝你别劳神，好好养着。你说，你已知道挨不过这一天了，要在未死时，将衣服穿好，免得死后穿着不方便，穿得东歪西斜的不成样儿。待她含泪将衣服预备妥当，你又令凤儿给你弄水，要你母亲替你擦身子。你说，你本不该劳动她，只是平日最讨厌的是女仆们代人家年轻主妇洗了身，便到处对人讲她们看见的秘密，母亲与女儿原是一体，出生时已给她看了。

最后凤儿说："一个人死的时候，千万勿太清楚。太清楚了，死出来教别人亦看子难过，我替伊梳头，只要一根短头发乱子，伊就勿对真。衣裳更是吪处退班，一点点才要弄得齐齐整整。伊拉里像要死，直头像要到客气亲眷屋里去。着好子，就搭伊娘俩话说话，劝伊勿伤心。伊一面说，一面出汗，渐渐子手亦冷勒，气亦吪力勒。等我叫老爷太太来，已经……"

　　"万种相思向谁说"，"一生爱好是天然"，我的痴情，你的慧性，唉！

　　我数年来对你的心情，已赤裸裸的解剖出来。我初认识你时的惊喜，春夜共博的消魂，见你病深后的怜惜，在你死后的哀悼。总之，我始终不曾存过爱你的心；我初见你时的惊喜，纯粹是知其然而不知其所以然，你是我哥哥的妻，我何苦来破坏他的幸福。不过我终是个有生意的青年，我的灵魂还未为道学家的酸气腐气薰透；况且爱的种子只怕不向人的心田种，只要它落了土，它都会滋生发育；因而有"射覆分曹"的目挑心招，有现在的不可名言的哀悼。你的态度却始终是若即若离，迷离荒忽。莹弟的称呼，春夜共博时的娇憨的情态，固然是你的灵魂为我偷来的证据，然而你在永辞人间之夜，不入我的梦，而入珪哥的梦（这是珪哥告我的）！我常常拿我自己和珪哥比，我的自私心总觉得你的性格和我近，和他远。珪哥在名义上，物质上占有你，我毫不忌妒，你对他的贞顺，我也只是赞叹，然而最后的决定，在你心目中，只有他，没有我！！！呵！这般虚无飘渺的爱！请你接受我这忏悔吧，如果你始终

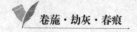

未爱过我。不过——

> 但使月轮终皎洁，
>
> 不辞冰雪为卿热。

一七，七，二一

EPOCH　MAKING……

小梅：

　　今天家人都起迟了，早饭到九点半方吃。此时我心中真急，我怕"一个人"在S院候我。到院后只见同事们在，心中方放下，虽然心中不免惘然。

　　从S院回来，接到你七日来信。小梅，我的心也乱了。我早已知道我那次信会引起你的悲伤，试想一个人对他的挚友提出种要求——诚心诚意提出的——而为对方所拒绝，如何不伤心？不过我是这样想，小梅，我待人素来不会作假，对你尤其是有什么说什么；我若不将我的意思很坦白的告诉你，是对不起你的，所以写了许多使你不高兴的话。小梅知我爱我，要原谅我，不为之悲伤方好。

　　你怕我把你"当作小孩子，把神圣的爱情当作骗小孩子的糖块"。小梅，知我爱我的小梅，你知道我看了这话，心中是何等难受。小梅，我惟其不肯以"神圣的爱情当作骗小孩子的糖块"，所以六七年来不知得罪多少人；我惟其不肯以"神圣的爱情当作骗小孩子的糖块"，我方害这场小病；我惟其不肯以"神圣的爱情当作骗小孩子的糖块"，我要你态度镇静，我怕"鲜艳的花儿"战不过一切风霜，我不轻易答应你要求！你的过去的生涯我不知道，我是对于这类事情很明白的，现在我们说的一句话，写的一封信，都是后日欢笑或哭泣的种子，我们于此要负责任。老实说，轻易以物与我者，亦轻易夺其所与我者转与他人。我自己甘心抑住我的情感而惹你难过，便是我对于这种事太负责之故。小梅，知我而爱我的小梅，老实说罢，你看了以上的话也许要嗤之以鼻，以为我与你者即夺昔日与他人者。是的，此处何必讳言，梅既知我爱我，我何必不直说，要他猜疑。在六年前，我是不知道"爱"的，而且怕在异性朋友间发生"爱"。但是，我的心肠是很热的，也可说是颇有侠义之风，我要牺牲我自己成全人家。某君虽然学问浅薄，但颇有才情，当时对我异常热，因此我很想成全他，安慰他在人生途中所受的苦恼。不意数年朋友的结果，他处处负我的期望；我于此发现我同他的志趣不合，我灰心之极！然而我自伤无知人之明，自寻这场苦恼，原想此生不再爱人，不想最近又遇见你。

我认识你——学问上的认识——是你在E报发表论文之后。但此时我想象的你许是"道貌岸然"的人，那知见了面却是个活泼的青年。我们的第一次谈话后，我觉得你的态度似失之狂；后来写了几次信的结果，知道你是极天真的。你的真率的性格和我的真率的性格相感，故我对你的作品为不客气之批评，然而此时我并未想到你会对我发生了"爱"。待你冒雪进城看我，信上说了些热烈而缠绵的话，我了解你的意思。但我自己很吃惊，我又遇见了奇迹，我的生命之流中又添了新水；我很怕，我怕我此后的生活将更痛苦，而且又害了你。在我这喜和怕的境地中，有人拆了你的信，此信又为某君所见，他为之病了，终于移入医院——他原来对我的爱情还未尽泯灭。已谢的花儿是不能复上故枝，我对他此时的状况，只有怜，没有当年的热情了——我自从感到他的志趣同我不合，我对他的热情就被灰心驱走了。对于你呢，一方怕蹈从前之覆辙，一方不免梦想着这次可全始全终罢。因此，我愿我们都以冷静的态度继续下去，经过较长时间之酝酿，然后再趋于亲密。不意小梅

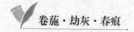

竟误会起来，唉！

我此时真感到"前也茫茫，后也茫茫"；情之所趋，将留待他日告你的话都说了。你也许看此灰心，认为我是个反复的人而将两月的交谊一笔勾销；那也好，免得天真而欢乐的你为此一无可取之薄命女子而误尽一生。也许你感激我的真率而更迷沉于"爱"之海中。小梅，知我而爱我的小梅，一切由你！一切由你！

此外我再求你一件事：此信不可示人，此中语不可告人，能以此信还我更好。我对他虽无复热情，然而批评他的话除你外不愿他人知之。小梅真爱我，便还我此信。

心中因感情激动，又狂跳，奈何！奈何！

八月下午三时

春　痕

满堂兮美人，

忽独与余兮目成。

今天a

今天到××所，收到你二十五晨的手书。这是我意料中的事。何以意料如此？我也不知道。

你见了我的生命过程中留下的伤痕，心中颇感到不安。其实我现在的生活以之与往日相较，尚如九天之与重渊。从前是河流遇了阻力，现在是河流渐就枯干。从前是病而呻吟，现在是病而不能呻吟。从前是喜则狂笑，悲则痛哭，现在是欲哭无泪，欲笑无声。（近来作不成诗，想亦因此。）虽然我行年不过二十多岁，我的精神却消沉颓废过于老人。此生已矣，夫复何言！璧君，我相信人之一生有三种阶段：第一是不知人生有痛苦。第二是感到痛苦而反抗痛苦。第三是屈伏于社会大势力之下，而不能反抗，不敢痛哭，生命之流渐渐干

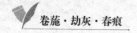

了。境遇好的人或许不至经过第二第三阶段，但此种人世间能有几个。我现在已走到第三阶段。你愿我的人生观同你一样快乐，感谢！感谢！生命同河水一般，谁知道将来如何呢。

我爱同人谈话，所以爱同人写长信，心烦时尤甚。日来家中七事八事，好不烦人。晚上信笔乱涂，字既潦草，话也是信口开河；不愿看时，付之于火罢。

一九二六，一二，二七

我之

我之所以烦闷灰心者，并不专为我自己的身世。我觉得世间人都是"可怜虫"，在不可抗御的大势力之下展转挣扎。我为我自己伤心，更为一切人伤心。至于我自己的身世也没有什么可说，并且此时也不愿说。（这并非听者的问题，是我的兴致的问题。）总之，我虽非文人，而感伤的脾气却很重。为了××日刊将×××月刊的名称排错，我可生四天气。由此而推，则可生气之事多矣，如何不烦恼？忙也烦，闲也烦；人家待我坏时我感伤，人家待我好时我也感伤。这样的脾气简直没有办法。你的盛意，我自然感谢，并愿改正我的坏脾气。

一九二七，一，三，晚十一时

今天 b

今天因事到××所，在案得五日晚六日早的手书。这是我意料不到的，因为我猜你日来或在作什么工夫，不愿同人写信。

六日晚因阿母往汴，益无聊赖，本想写信给你，因今年尚未接到你的回信，故中止（这是我的怪脾气），就是抄的几首诗现在还未发寄。

《濯绛宦词》大略读了一遍。你爱他的"折我浮名，消他薄命"，我爱他的"倦絮无才著地飞，肯忘却凌空想"。因为世间人若处于"著地飞"的境地而无"凌空想"，并不痛苦。最痛苦的是有"凌空想"而环境偏令他"著地飞"也。此与诗人之"静言思之，不能奋飞"一样，言短浅而含意深长。

元旦日我并未出门，在家独自烦闷呢。我是个好玩的，好说话的，不计算打量的任性人。但是我家人都不然，都沉默而规矩；阿兄性情与我相反，嫂嫂是太太，更不同我玩。而且，而且……还有许多。所以我一到家中，即变为规矩、镇日价埋头用功的人。我常说在学校的生活，无论教书或读书，都是诗的，有趣的；家中的生活，无论是大家庭小家庭，都带几分散文气息，板滞意味。热闹场中，我委实不爱去，尤其是应酬场中。

北海在我刚回北京时去玩了好几次，后来天冷，而且见惯了她的面目，觉得不甚妩媚秀丽，就不大去了。南京清凉山一带很好。在日落时行荒山中，意味极凄惋而隽永，如啜苦茗。不知你曾去过否？

一，八

去年

去年在金陵，学生们说我"多愁多病"，但是我恨极了。"多病"，我承认。我从小多病，从出外上学后方好些；去年又病了，虽说无甚大病，但一月总要请一两星期假，否则堂上就说不出话来，气不接。"多愁"，我起初不肯承认，可是近来我自觉确是爱"愁"；往往不干我的事，我亦为之愁叹竟日。（例如我的表姊在上学期间内生了孩子，她不怎样急，我却替她发愁。）你同情于我，我从心眼内感激，何至说到不愿受。

我的母亲是意志胜过情感的人。我虽是她跟前的最小的一个，可是她对待我丝毫不娇养。不过母亲终归是母亲，在一处时，有时也觉得拘束得人难过，但离开她，也真使人不快。她去后，我两夜都未睡安，日来方觉好些。

我每日率晚十一时半睡（坐到十二点时很少），晨七时半起。你大约每夜总至十二时后始就寝罢？霜月极清幽，××园当尤甚。

一，一二晚十时

昨晚

昨晚临睡时，曾呵冻给你写了两页信，不意今天出去时再找不到了，只好作罢。假使这封失去之信不在你"计算"之中也就罢了，不然你心上将感到不安宁。其实那两页信写的也净是闲话，不管它吧。

寒假定然回家吧？若果觉得家庭生活胜过外面生活的人，自然应该回去；像我这天涯到处都是客的人，自己不愿在家，同时也不大赞成人家回家。（其实家人待我何尝错，然而我终于感到我是波涛中的萍梗。这种话只可对挚友讲，家人闻之当为寒心。）璧君，说到此

169

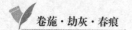

处，我又有些怅惘了！然而我不能将此种怅惘的情感尽量写出，虽然我知道你不独不厌弃这些话，还同情于我。我如何能写得出呢？写出时，我已不如此凡庸，而是位天才的文学作家。

你说你往东走，你的朋友往西走，你本想拉她回来，却终于为她所拉去。这话是否为我而发？若然，我真对不起你。不过，璧君，我认为人之一生总有感到苦闷的日子，而且苦闷也是人生之一方面。悲愁总比精神麻木不仁好。若以欢乐喻甜，悲愁喻苦，我说：吃甜水也好，吃苦水也好，终比喝白开水强。

写来写去，终未将我的惆怅的情感写出来。唉！这种渺如轻烟般的情感如何可移于纸上！请你于"如何可移于纸上"数字中揣度我的怅惘吧！

一，一五夜

十四

十四夜信收到。自然这封信是我意中的，但是今天下午我曾为我的小侄所骗。他拿了个空信封，说是我的信。

礼拜四所发的信上说些什么，此时已记不真。但是我不愿你进城时拿那封信来给我看；因为我怕人对我提起我从前对他说的某种话，我怕难为情。不过你如果真愿拿它来看时，也可以。反正朋友间，玩玩也无大关系。

你家既然人少，此次过"年"，自宜照例回去。我自己是飘零者，然而愿意人家的家庭美满快乐。况且你是回去惯的，此次忽然不回去，家人定更觉寂寞。

我主张朋友间的情感要淡而持久。然而我们的友谊何以发展得如此快，我也不知道。鲜艳的花儿，祝你战过了一切风霜！

一，一六夜十时

前天

前天下午，昨天下午，连发了两封信，想也快收到了。今晨吃罢饭，在阿兄的案头拿得十七手书。这信大约是昨晚深夜到的，不然他们定即时送给我了。以后寄信仍寄×院××室何如？（如计算此信在星期五后到城，可寄我家中。）自然我很愿快些读你的复信，不过此中消息，聪明的璧君当可明白。

今天起的很晚，吃了早饭后梳梳头已是九点半了，什么书都未开卷，先来复你的信。

昨晚月色极佳。阿兄忽动雅兴，携嫂嫂同我三个人

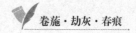
往北海去。至园中并未遇见其他游人，满园清景算归我兄妹三人管领了。在岸上走时，还不觉得如何好；待走到海中冰上面回望五龙亭时，真不知此身仍在人间；彻骨清寒，所谓琼楼玉宇，清虚之府，殆近之矣。不知兄嫂此时心中作何感想，我在欣赏幽景的时节，心头仍存个吹不散的人影儿！不过此种清景，我想在璧君并不希奇，住在"水木清华"的所在，"朝晖夕阴"，自然之美想也领略个差不多。

我虽然一年三百六十天有三百天在愁苦中讨生活，然而我仍然读书。我虽然认定人生没有意思，然而仍努力工作。因为我认为读书是消磨岁月之一法，所谓"支离其心神"者也。因此，我愿你还是如前安心读书。我希望我的朋友们因我的劝告而较前努力读书，而不愿朋友们受我的影响而愁苦潦倒。

一，一八，早十时

从家

从家里到图书馆，从图书馆回来，再从家到图书馆，由图书馆到××所，答复来信，敷衍来客，晚间还是进了我的墟墓般寂寞而凄清的屋子。对着炉中的火，我只觉是谁在我的灵床前焚化纸钱；案头的灯就是灵桌上点的昼夜不息用以照彻下泉的灯儿！此时我的身子是否在人间，我真有些怀疑了！

前也茫茫，后也茫茫，左右也无不茫茫，问此天涯倦羽，更向何处栖息？"绕树三匝，无枝可依"，何意意气威力陵烁一时的英雄，竟能写出人间不幸者的漂泊情况！

本星期连发三函，前两函想均收阅。吾性浪漫，悲喜无恒，高兴时乐而忘忧，愁苦时愤不欲生；璧君阅后，置之不理可也。

一，一九晚

这许

这许是你不高兴听的，信的称呼上还是较平淡点好些。在我们彼此都了解的，无论如何都没什么关系；万一不了解我们者见及此，定出许多误会。"礼义之不愆，何恤人言"，然而人言也是很讨厌的。"瑷如"二字简短而干脆，以后请你采用这称呼罢。

关于寒假回家的事，我发了十五夜的信就后悔了。我常常有这样的宏愿：我愿我的朋友因同我往来而学问上待人上都较从前好，不愿他为了我而冷落别人，尤其家中父母。他家既然人少，还是回去过年好些。我自己是不能教母亲为我快乐而教她为我烦恼的不幸者，所以极力劝朋友们对待老人好好的，作为不孝忏悔。你在家中原是快乐的主要人物，现在为着"一个人"而使老人感到从来未有之寂寞，试问这个人何以自安？

两次手书都说近来不能读书作文，也是"一个人"心所难安的。我平生不喜欢算盘，同时也讨厌"没星秤"。我不愿意为名利鸡鸣而起，同时也不愿躲在"象牙塔"里，实际上一概不问。理想中的人是：遇到该作大人时就作大人，遇到可作小孩子时便作小孩子。我想你所以无心读书作文，也许出于情之所不能已，那末你可将心沉静下子。"君子之交淡如水"，此言道学气似乎太重，然而过于鲜浓的食物，终不能多吃久吃。璧君，我竟教训你起来，真不该，请原谅。话虽如此说，我还要劝璧君几句。人生得安心读书的时期，就一般人而论，确是不长，此作学生时代之所以可贵也。璧君拿着一日千里的进步的年岁，有二三大师可借问难质疑，住在"水木清华"的所在，而"每日价……"实是不应该的。再说，在人情感激动之时，虽不宜作纯理性的论文，而可以作以情感为原素的文艺。纯理性的文字无论何时皆可做，只要时间精神参考书敷用。文艺是生命的象征，在生命之流不到可翻波澜的时期，决成不了可观的东西；纵然勉强成功，也是纸花或喷水池喷的水。劝你静心读书或不可能，可否致力于情感抒写这方面？

一，二〇夜

我对

我对诗，主张七绝要风华宕逸，五绝要清警峭拔；前者要如美女簪花，临镜笑春；后者要如山中清溪，澄澈见底，其声泠泠。诗之所以可贵，就在他不是随时要随时有的物件。不过诗之大体多成于兴会，而诗之字句不妨加意推敲。何如？

…………

今天你说到母亲，我真要哭了！此种神情，你当时也许可以看得出来。我不幸同我母亲意见根本冲突，双方均是意志坚强的人，弄得彼此间如隔条大沟渠一般。璧君！璧君！如果你觉得某种事是你的母亲所不许的，你趁早别起这伦常间悲剧的底稿，只要此事是可以容忍的。（"回朕车以复路兮，及行迷之未远。"璧君应记

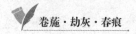

着这句话。）

我与人结交时，最怕的是当情谊最厚，结果不欢而散。纵然我后来觉得这位朋友同我意见不合，而由我与他割席，但这种伤痕是终身难忘的。话已说至此，璧君明白人，可以明白了。这段话便是"鲜艳的花儿"的注脚。

此时心中又觉凄然了！这种花未种好已忧它不耐风霜的人，只该孤独一生。

一，二一，晚九时

今日

今日因昨晚失眠，精神不舒坦极了。虽然照例教小侄女读唐诗，校阅书记誊的文稿，应酬来看我的客人，但终有日长如年之感。真怪，这样短的天，还觉得无以排遣！

无聊时辄思写信给朋友。但往往信已写成，觉得无大意思，不愿费他或她的时间来看，即投之炉中。这确也是个排闷的良法。因为在烦闷时写的信，常常只顾自己发牢骚，而不思他人愿听否，甚或使朋友因此而感到不快。

也不知是话多无从说起，或无话可说，写来写去，写些如此无意思的话，停止罢。

一，二三晚

快信

　　快信不知今晚能收到否？"和泪书"三字令人"心振荡而不怡"！何故致此？何故致此？

　　两夜不得安眠，心中本极烦乱，又受意外刺激，直觉得天地间无可容身之地，无可信托之人。此时真到欲哭无泪，欲笑无声的境地。璧君！璧君！精卫衔石填海，我心间的空虚较海尤难填！语言文字到此都用不着了，何言何字可形容出我的伤心与失意！

一，二四晚

当我

　　当我接到你的空白信时，我真急得心跳手颤，不知何故璧君伤心如此。读了今天接到的信，就知你的悲哀半生于误解。你的种种误解怕是不明白我的身世。不讲吧，璧君以为我不屑同他讲；讲吧，"逢人未语已含颦"，"可堪回首问前因"，我已经自己说过了。现在大胆说了些，然而愿璧君爱我，阅后将这两页信退回。

＊　＊　＊　＊

　　就我在人生路上的种种经验论，我此时不该再惹些无谓的烦恼，使他人也为之"心振荡而不怡"，然而天又赋我以浪漫的（也可谓多情的）性格，教我不独在自己的悲剧中做主角，且在人家的悲剧中做配角。所谓"鲜浓的食物不能多吃久吃"者半皆为我上述身世而发，其他一半则意在"铁百炼而后成钢"，根基浅的花木定易枯萎。璧君请莫再误会。

　　璧君以为我此时不宜再有"荒墟"之叹。其实我此时若无人理我，真真让我飘零孤独的活下去也好；无奈母亲爱我，朋友爱我，我终日过的皆含泪的面上带着微笑的生活，我如何不凄惨悲伤。

　　璧君！想到我日来处的境地，看到你这情意深厚的信，我觉得我这个人不应再在人间！我此时消灭了，可以免除多少悲剧！我此时心仍是颤的，身上是冷的！然而我看见你的信，终是要即时回的。

　　总之，璧君，不明白何以也算有经验的我，在此两月内又给他人布了烦恼的种子。这也只可归之于缘吧！听它去！听它去！要想安静，除非长眠于地下。

　　　　　　　　　　　　　　一，二六，晚十二时半

今天是小年，堂妹自女师大回来，晚上群在阿兄房中说笑。七点钟时候，我因记挂着"一个人"的信未看完，便约堂妹到我房中；兄嫂怕我俩孤寂，又将我俩找去。邻家放爆竹。我此时觉得兄嫂的爱是微温的，不似母亲之热；更想到今年破例留京的人儿，唉！璧君呵！我们都是梦里人！我该死！我介绍了"愁"给你？这样讨厌的人儿，也竟拉人陷于不可挽救的痛苦深渊中，造物也太不可解了。又及。

病仍

病仍未愈，挑灯抄旧稿寄璧君。数诗不记为何年所作，但此时意气并未真消沉，其中厌世语皆所谓"为赋新诗强说愁"也。瑗于七律不惟不能作，亦不喜作，四五年来此调久不弹矣。犹记《咏春柳》诗有云："六朝绮梦迷蝴蝶，三月春光怨杜鹃。"颇敝帚自珍，顾此稿已久佚。录右诗数首，俾璧所辑《瑗如诗稿》中得备一格耳。

今夜不知何故远处爆竹声频频传来。璧有句云："已断柔魂不耐销。"愁人闻此，将何以堪！愿西郊寂静，勿俾璧亦闻此声。

一，三，晚十时许

廿九

廿九夜信收到。昨晚听见打门的声音很急，便猜到许是"一个人"的信来了；果然今晨在梳头时，老妈子将它送了过来。

病仍未好。今晨天未明即醒（在无病时，总到七时后方醒，病后便常早醒，今晨尤甚）。起来读了你的信，不知怎的心头更觉悲伤，精神更觉恍惚。"自怜病体轻如叶，扶上金鞍马不知"，憔悴的我此时确尝到此种情味。我梳了头，也不换衣裳，靸了双破鞋，勉强喝了两口稀饭，索性大颓废而特颓废起来。

虽然我感激你对我的柔情蜜意，我自己也情不自禁的对于你这种柔情蜜意微有所表示，然而我的凄绝情怀还是改变不来。我的病我不愿诊视。一则我已是人生途中的倦旅，很想找个可以停止的机缘（我没有自己停止的勇气）。二则我的病常是来也无端，去也无端，不管它，它也自会好的。唉，前人以"落花""飞絮""萍梗"喻身世，看去似是陈套，而在初用者却是种新发明；世间之不幸者，其落魄无定之苦，实与彼数物相类也。

病并不是可诅咒的。它可使人感到种超现实世间

的滋味。在斜风细雨轻寒恻恻的时节，躺在床上看看
沁人心脾的文艺，听听有风趣的富有安慰的热情的谈
话，也算享尽人间幽静而清雅的温柔。从来文人爱说
"愁""病"，看去似极陈腐，其实不然。我纵不敢说
"愁""病""闲"是文艺产生的要素，但多少总可说
是某种文艺的根荄。我认为一个人固然要挺起脊背作
事，负责任，但世间还要优容一般有闲情逸趣的人，让
他（或她）去"愁"，去"病"，去"闲"。他们能由
愁病闲有了伟大的作品以点缀沙漠般的人间固佳，不然
亦无不可，就他们的本身已足破除这冷酷的人间的空
气。这只是我的谬论，我自己是立在圈子外说话的，所
谓应该被人优容者自然必得有相当的资格。

　　回忆确是不好，不过不回忆是件不易做到的事。
况且纵不回忆，此时所身受者已足使我肠断魂销，意懒
心灰。"鲜艳的花儿"固然愿尽心培养，已谢的花儿如
何呢？践踏吧，如何舍得；留住吧，已无可挽救了！一
切一切都听它去。漫漫的长夜谁知做些什么梦呢！柔脆
的心情，颠连的身世，一切一切都注定我今生应该作人
生悲剧的主角。过去的事也不必提它，也不必不提它，
一切一切都听其自然。想笑就笑，想哭就哭。由哭不得

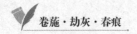

笑不得的世界又回到凄然欲绝的世界（这场病就是明证），我不得不感谢你。

一，三一，上午十一时

谈话

谈话、写信，我均爱淡淡者；淡者有隽永之意，浓则除激动切急之情感外无余味矣。世间其他事物，如苦茗之与醇酒，牡丹之与梅花，墨画之与著色画，数者相较可见。"若夫人者目系而道存"，庄生风神令人于千载下生冥想也。璧君聪明，当会此意。一切一切，均须出之镇定沉静。我不喜虚伪之道学家，而主张言谈要有含蓄。此后我辈均致力学问。

以上皆阴历丙寅除夕写。是夕恰写到"我辈均致力学问"，家人烧辞岁纸，遂作罢。

我虽屡言"每逢佳节也不思亲"，然而啼也辛酸笑也辛酸的我，当人家都"乐也融融"之时，其情怀之凄愧也不难想见。为我而加倍趋于衰老的慈母，与我相约终身为伴侣的澧君，为我而入病院的湘子，为我而破例留京的爱友，以及令人意断魂销的往事，……一切一切，都涌上心来。我含泪背灯坐着，痛饮，痛饮。"当人不敢拭泪痕"，我的苦恼成了这句诗。

昨晚十二时就寝后，今晨四时即起身。可怜的堂妹——除却双鬓已斑的老父外别无亲人的堂妹——大约也感到漂流之苦，眉宇间现出无限凄惋的神色。此时我又想到九岁那年在家同堂妹起早过年的情景，替两个"遇人不淑"的阿姊叹息。此外，昨晚的愁苦依然未因岁改而减少。本是靓妆不御的我，此时心理忽呈变态。我用心用意梳头，用心用意敷粉，我翻箱倒笼的找新衣，替侄女梳头插花。

饭后仍然无聊。宝烛生辉、香气氤氲的屋子，我觉得比冰洞还要冷，便拉着妹妹侄女去玩北海，在北海照了张披斗篷的独行踽踽的像。我认为我生命的河流中近来加了新成分，这一年来生活必大起变化，但变而愈痛苦呢，抑改趋欢乐，则不敢定，故摄影以为纪念。

中饭吃得很晚，因阿兄请客。吃饭后不久就睡，在枕上读了你三十一页手书（这信是出乎意外的）。起来吃了晚饭，依旧凄然，在阿兄书房踱来踱去。本来不向阿兄发牢骚的，也忍不住说："一串钱又解开串儿花了一个！唉，要不思量，怎不思量？"（你肯用此二句填《一剪梅》否？）本来不露情感的阿兄，也很沉重地应

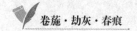

了声"唉！"此时他同堂妹下棋，我于此道不在行，而且情怀凄绝，几于看朱成碧，便乘他们不知时，偷偷逃向自己房中来了。

璧君的情怀何如？虽你自己说并不厌弃我介绍你的"愁"，然而我觉得我这个人终是可诅咒的。"悔将缱绻痴情语，赢得刘郎抵死狂"——此是《元旦试笔》断句。旧梦未醒，又跨入新梦！

二，二夜十时

冒雪

冒雪视故人病归，意璧君必有信来；乃遍寻阿兄案头，仅得不识者之贺年片一张，失望殊甚！今日病几痊愈，然精神仍散漫，不能静心读书。

又降雪矣！西园景色何如？冥想今日骑小驴行西山道中，真神仙不啻也。

二，三夜

我的

我的病承你如此关念，我真十二分的感激。现在病已好了，不要再挂念罢。

　　就事实上说，我的境地也不算如何痛苦。虽然除却已告你者外，还不免有些微其他事件，然亦非如何了不得的问题。无奈我是个神经有些过敏、多愁多感的人，旁人视为不相干者，我还为之太息终日，何况此次所受之刺激，即在胸襟阔大者亦将踌躇徘徊，不知如何是好。就我之感情之易受感动而论，我此次只这样病病已算幸事，已算体质强健。至于将来如何，恐只有上帝知道。

　　璧君，我总觉得你的情感太兴奋了。冷静下如何？请你恢复我未"放火"时的状态如何？我爱淡的，一切我都爱淡的。我爱秋日的玫瑰尤甚于春日的，我爱苍茫的清疏的画儿，我爱着素色的衣服，我爱两人清谈而怕在大庭广众中酬酢。所谓淡者并非稀薄及不浓密之意，乃与浓相对峙之一种情调、色彩。换句话说，我所谓淡，也许是自浓中提炼出来者，所谓"绚烂之极，归于平淡也"。我们还是彼此推敲所作诗文，或叙述心境，如何？

　　我在星期二和星期五均吃了早饭便到所值日。但此时我觉得颇怕见你——怕你的炯炯的对人注视的双眸，怕你的咄咄逼人、教人答不得的言语。也许你说我□

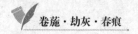

（我所不喜之字），就为此。其实，我自信男性很重，绝无某种情态。

二，三，夜九时

我原

我原想今天不能接到"一个人"的信，因为计算他昨晚方写信，今晨付邮，自然照例明天早晨到。然而在盼望切急之时，总希望有例外事发生，所以听见叩门声便疑是邮差来了，接着便说："不知今天有我的信否？"堂妹似同我开玩笑说："有信呀，下午不来，晚上就来了。"不想果真有例外事发生，下午四时许从外边给嫂嫂打电话回来，就在阿兄案头取得一封信。阿兄今天出外一天，我很高兴这次信未让他看见。

爱情的给予不宜太随便了（至少说女子不宜如此），太随便不独显得人性格之草率，而且意味便不深厚浓密。渊明诗云："相见心先醉，不在接杯酒。"我很企慕这种境界。前天递书及临别时的事情，我方自恨太无自制的能力了。更进于此者，自然我要拒绝，虽然我不敢说永久拒绝。总之，感情之发展也有一定之程序和步骤，在某人不肯为某种表示时，便是他（或她）的情波尚未能冲破某种理智的堤防。

前途委实茫茫！怎样好？现在只有两种办法：一种
是回车复路，一种是不管将来，只管现在。然而前者如
今能行否恐成问题，后者也非安全之策。说到底还是我
不好，不该接受你送来的礼物。

你对我的信托心，我感激极了！用爱换来的还是
爱（我想那位病友听见你称他为"可爱而又可怜的病
友"，他也要感激你），用恨换来的还是恨。由你对我
的信托心上，我认识了你的人格。璧，你这番施与不是
空的。

　　　　　　　　　　　　二，一三，夜十时半

前晚

前晚未写信耶？何以今天到此时还无信来？如果
不写信的原因是心静下来努力于正经工作，那我是极高
兴的。今晚是元宵，心情之凄楚略与除夕同。不过除夕
之凄楚为的事件很多，今晚只是感到时光流转得太快，
"一个人"何故无信而已。总之，我此时见不得他人欢
悦的，他们欢悦便衬出我的孤零，因而风吹草动，都能
引起我的烦恼，使我怅惘，太息，泪下。晚间阿兄约往

北海去，我婉辞谢却。所以如此者，一则我想给"一个人"写信，二则我觉得欢乐愁苦是一样的不可勉强制造的，必须情感之波自然掀动；我现在得了这春阴苦茗般的情怀，是要屏人仔细咀嚼咀嚼个中滋味。此时我想纵然"一个人"在旁，我也许告诫他，不要他惊破我这场幻梦，夺去我这杯苦酒。怕的是他在旁时，这杯苦酒无从酝酿耳。

二，一六，夜八时五十分

瑗本

瑗本来没用，而她的事体又似乎较他人为多。自然，自然，又要向爱我的璧诉苦，嚷着疲倦了。璧，人生（也许就只我如此）的象征是什么？崎岖道上负重载的小驴儿！璧，写至此，我的眼已模糊了。想想世间真意怜惜我的有几个人！

吃晚饭时听兄嫂们说东安门大街死了个拉洋车的。本来拉着车走哩，走着走着，倒地气绝。后来又说到康某为家庭负担而拼命教书，竟死于教员休息室内。我闻此，心中酸楚极了。我说："何必到阴司方有地狱，地狱就在人间！"其实人间地狱何必在啼饥号寒之家，虽丰衣足食而生意如霜后枯草者，亦即地狱中之囚徒。

　　瑷虽不敢以多情自居，然确非常薄情的。然而这有什么好处呢？要完成情的使命，便要牺牲，因之必需忍受精神上物质上的痛苦。璧，我此时不知何故，不胜落寞之感。我直想哭一场。相传阮籍行至穷途即痛哭而返，其实何必实际上走到"此路不通"之处，当人感到此身无所寄托时，便是途穷了。

　　　　　　　　　　　　　　　　二，二〇，夜十时

璧璧

　　璧，璧，想想你昨天在××所对待我的神气，简直像小孩儿向大人要糖果一般。我真不解何以故我对于璧的爱的给予如此容易，虽然当时我心中不愿。璧呀璧，眼看岸儿愈离愈远，我们已卷入爱之波涛内了！

　　　　　　　　　　　　　　二，二六，晚八时三十分

痴心

　　痴心的璧，瑷怎能将他忘了。（要知璧固痴矣，瑷亦如是。）不过瑷总以为此株花儿发育得太快，爱之愈切，则为它担心亦愈甚。怎样办呢？怎样办呢？花儿开

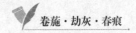

得愈鲜艳，愈觉得前途的渺茫！

瑗之所以自责，实感到她不能蕴藏她的爱，而使他为她痛苦。她害了她的双鬓斑白的老母；她害了那不能使她爱而至今犹希望破镜重圆的财主的儿子；万一一切障碍打不破，又害了把一切都给她的痴心的璧！璧呀！我不知你何以会爱上她。她是把火，烧了自己，又烧人家！她是只兽，吃了自己，又吃人家！

唉！璧，如果此时我死了，不过博得爱我者一场血泪，无挂无牵的你，少年英俊的你，何愁无个理想的女子相伴终身。我这场缠绵而悲辛的梦何时醒呀！

璧虽男子，虽也活了二十多年，然而璧是不曾尝过人生的苦味。所以璧见瑗诉苦，只是爱她而相怜而已，与同病者之相怜究有不同。瑗不然，精神的痛苦，物质的痛苦，她都受过。所以在璧想他如此爱她，她可高兴了，她的春天可来了；其实不然，多愁善感的她，虽看见到鲜艳的花儿不免暂时嫣然，但望望四周的荆棘，她比未有花时所感到的苦痛更深！"春蚕到死丝方尽，蜡烛成灰泪始干。"唉！

你不

你不喜欢我多愁善感的脾气，然而我始终不能改除，而且有时我的愁和感还是"一个人"所引起。奈何！奈何！

我也知道有许多话你说时毫无恶意，然而无形中却作了我的愁和感的媒蘗。有时我想不必告诉你这些愁和感的来由，然而又觉得你对我如此真挚，我不该有些话瞒着不说，而且不说也感到不痛快。

现在又为什么而愁而感？璧对我如此计较，同作生意人一般，一丝一毫亏都不肯吃。我礼拜五不为他请假，他就"有点'谓行多露'"（其实你若不坐汽车来，我又不安而要阻止了）。璧爱整齐干净，他自己整齐干净得了；他嫌××室不干净，就请勿劳玉趾下降得了，何必定要人扫径接驾。（其实我也嫌那边听差懒收拾。）唉！今日如此，他日可知！璧，你看瑗，那是你不知道她有种种不讨人欢喜的脾气。如果你同她共处一月，恐对她就不如此痴了！唉！一切男子对女子所要求者，瑗知之详矣！瑗知之详矣！

璧呀，我深深知道你写这几句话时，决无他意如我

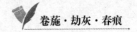

所猜度者，然而我情不自禁的要愁要感，我此时的心绪如梦如醉，如春阴酿雨。璧纵爱我知我，想也不见得体会到；纵使此时在旁，我亦惟有默然相对而已！

三，五，下午四时

春阴

春阴漠漠，春寒恻恻，今日天气大似江南。此种时节，宜小病，宜清淡，宜推敲诗句，宜闲行山中，最忌忙碌碌的作教书匠。璧今日何以自遣？大约仍校校《桃花扇》？

下午从×院回来，因门口无车；走了不远，衣履均微沾濡。然我不以为意，我觉得很饶诗趣，虽然我未作成诗。

三，七，晚八时半

上礼

上礼拜六一时不高兴，对璧使了点小脾气，过后便将此事忘却。今日接到璧六日信，知我这方面已雾散烟消之时，璧仍在愁暴雨之将至。二十年来过惯天之骄子的生活的璧，对瑗如此低心下气，她自然很感激，过去的一概不提。

　　老实说，瑗确有点存心"折磨"璧。她这种"折磨"并非不欢喜他，而是在他面前毫无顾忌。而且她想她的"折磨"璧尚乐受，则她的"非折磨"璧更乐受。仿佛吃东西一般，先吃坏的，后吃好的，不觉如何难堪，反之则有人所不能受者。我想在那极宠爱璧而又不了解我们这种逗气玩的人前，我定客客气气的待璧。单单对璧，恐怕在极甜的果饵中要加点辣子。璧怕吃辣子罢？

三，八，下午八时

看到

　　看到璧"无论如何，那怕天倒下来，总要你镇天陪我"，我不禁微笑。璧，你这话若在我当面说时，定要同要求……时一样！璧有些地方也颇老练，就是这些地方赚来我的"淘气孩子"的称呼。

三，一七，下午八时二十分

吃中

　　吃中饭后，忽瞥见阿兄的案头有你的来信，也未告诉他，便拿起走了。看了信中"又及"一段，心中有

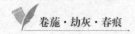

点不高兴；看了"五及"，觉得璧顽皮而又可怜。骂了人家，不许人家生气；既怕人家生气，干么又要说？总之，璧是骄养惯的人，虽在瑷面前竭力捺着性子，然当脾气上来时，未免有点按不住了。

这个礼拜中，璧的心似乎全未安定。试看这几天的信，那封信不提及晤谈。三两天来，更像发狂了一般，仿佛这个礼拜若不得见面，天便塌了下来。璧，不要如此痴！当你感情略平定，稍加思索时，便知我从来不敢同你说"浓话"的原因。为了"爱友"二字，教你破例过年不回家；为了上礼拜见面假你辞色，你这礼拜的情焰几将理性全部烧毁。小璧，你乖乖的，静静的如何？

恋爱在人生中固然重要，但我不愿璧为之颠倒至此。爱之成就决非一日之力，我们的寿命长着呢，留些糖果儿慢慢吃。小璧，乖乖的，别闹。

三，一八，九时二十分

今天c

今天下午的晤谈，总算有点成绩，心中很畅快。纯粹调笑或说些浓密的话，并无何深意；惟有将情寄在事情内共同工作，方有趣味。熊掌、猩唇，固称珍品，但必有他味佐之；朋友之相爱，正复如此。璧说我们之能相爱，因于文艺有同嗜，这话至少有八成是对的。"醉翁之意"固"不在酒"，然亦不能无"酒"。此后我们晤谈必继续辑宋词中习语。如每见面一次可辑至百条，到暑假必有可观。

三，一九，晚九时

璧我

璧，我真要哭了！今晚因日间上课上得太多（计五小时），精神疲倦，不能再作用脑的工作，便看《创造月刊》消遣。不想看了其中所写的情事，又想及我自己的过去和将来！璧弟，小璧，请你在纸上的斓斑的泪痕上，认取薄命的瑗的悲哀！唉璧弟！最挚爱的璧弟！怎样好？苍茫的暮色已经袭来了，我这个天边倦羽向何处找归宿呀！

....

今天同学生谈起前人写愁字的方法。我说：有以愁与丝并称者，如李后主之"剪不断，理还乱，是离愁"；有以之与水并称者，如欧阳修之"离愁渐远渐无穷，迢迢不断如春水"；有以之与雨并称者，如秦少游

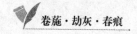

之"无边丝雨细如愁";有以之与山并称者,如朱希真之"将恨海愁山一齐挼碎";有以之与天并称者,如辛稼轩之"近来愁似天来大";有以之与烟并称者,如《桃花扇》之"搅动新愁乱似烟"。璧还记得有他种写法否?

瑷此时又高兴了,璧不要念她。瑷简直是个傻孩子。

四,四,夜九时

就年

就年龄说,瑷也是二十余岁的人,不是什么小孩;就经验上说,人情世故也略知一二;但她自己实不解何故对于璧弟的爱情发生得如此快,而且如此浓密。在清醒的时候也觉得自己的行为太浪漫,太把爱情轻易与人;但一看见璧弟的信,或和他晤面时,我又为他的杯中的醇酒所陶醉了!为之奈何!怅惘!微茫!到底该怎样办,这"畏首畏尾""既不能令,又不受命"的人,应该吃苦!!!

四,七,晚六时半

璧弟a

璧弟把一切交付瑷,瑷除了欢喜感激外,还说什么。瑗对璧弟的情，此时仿佛到了潮涌山崩，不可自止之时。她爱璧，爱璧，一天一天的积至无穷。说到此处，瑗心中又有些凄然。我愿这场梦，安安全全做到终身，别再遇见使我不能不醒的事件。至于我的将来，我自己也无甚确定的主张。反正作人难，不被烧着，就被烫着。不管它，过一天是一天，花儿到必须结果时，就由它去。花儿不是为结果开的，然也不能为怕结果不开花。不过遇见了瑗，也是璧的不幸，尤其是他的家人的不幸。璧弟，懦弱的瑗是命该受苦的！怎样说？我说不来，请你于文字外体会吧。璧弟！小璧！……

四，十，晚九时一刻

我固

我固然不绝对相信世间有纯粹精神的男女之爱，但我之爱璧，我念及璧时，绝未曾照他那样想法——我只想他言谈时的伶俐，间或带天真的情态。不知怎的，我理想中的璧弟，总是个会体贴人的聪明伶敏的大孩子，男子们种种惹人厌的事他都不懂，他爱我同弟弟爱姊姊一般。喂！小璧，小弟弟，你依照我的理想作去吧！

寄来的杏花片压得颇好玩。我虽不能养花，但极爱

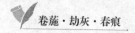

花。前年在××大学住，见天晨起往花园中看西风里带着白露的玫瑰——秋花如静女，春红如丽姝；后者令人艳羡，前者令人怜惜。

四，一二，晚七时五十分

傍晚

傍晚归来，阿逸、阿远都来我房中玩。远拿条尺打逸，她就大哭。远之打她，半出于无心，因之见她大哭，遂不知所措，拉着逸的衣服叫"姐姐！"给她作揖。这种情景，使我想及璧每次逗瑗生气后的样儿。怎样好，璧弟？近来凡接于我目者，皆能令我忆及他！

所谓令我不能不醒的事件，请璧弟原谅我这样想，是我俩中间有一人（不论是瑗是璧）发现对方与自己性情不投合的地方。璧弟，璧弟，瑗是受过痛苦的，所以瑗想到将来总不似璧之乐观。唉！一次的痛苦已够受了，何堪二次，祝上帝令我这次梦做到死！——其实璧弟那方面都比瑗好，瑗所虑实是多余，而且无端疑人是不应该的。璧弟，小璧，好弟弟，你原谅我如此想！瑗此时想哭一场，但又哭不出来，而且她不愿一个人哭。

弟弟，怎样好？瑗心中总不畅快。她觉得人活着

没意思极了？干燥无味的生活！可恶的天如此长，到了六点还有太阳！明天又要上课，说应酬话！璧弟，璧弟，……（不许胡扯）

四，一四，晚八时五十分

璧弟b

璧弟确是刁钻，太聪明。他想问瑗什么，他并不直说，惯用旁敲侧击之法。其实瑗虽笨，璧弟的心眼儿她已猜透。她有她的对付的方法：想答复他时，只装做不知他的意思把话说了；不想答复时（觉得他的话太疯），就不理。

在恋爱的过程中，确是灵肉交战。人终是人，故一方企图着天般高远的理想——灵，一方又摆脱不了现实——肉。眼望天国，身羁地狱；这种挣扎，便是人之一生。

四，一五，晚八时二十分

我也

我也不解何以爱璧弟如此。璧弟是美酒，瑗是刘伶。故虽曾想过不要如此纵酒，然而见了酒终要痛饮至

199

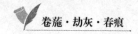

于颓然醉倒。璧弟，我们的爱情发展得如此快，到底该怎样？瑷并非不信任璧弟，但是瑷此时将一切交付璧了，她又觉得前途之微茫。至于为什么微茫，这是我们所常讨论的，璧弟当可明白。上次问璧"成竹在胸"作何解，何故置之不理？璧弟，刁钻的璧弟，瑷的痴情你已赢得了，请以后别卖弄聪明，说那"旁敲侧击"的话。

璧打听入大学院的手续，想不久要往×国去了。瑷对璧的态度，不知何故，和她平日对待他人者异。她本是很慷慨的，然而她现在呢，却觉得离别的滋味极为辛酸。话虽如此说，璧弟暑假非回家不可，不然太对不住你的老人了，何苦为瑷颠倒至此。

璧弟 c

璧弟的脾气细想起来满有意思。例如他那封空了一张半的信，明明是气话，偏上头注着说不是气话。其实他的气已充满于字句之外。若当面说这些话时，我可以想象得出他的神气：眼泪在眶内直是转，直是看着桌子，说："好罢，谢谢你！"璧弟待瑷自然是"情至义尽"，只有一样，他爱说反话。璧弟，是不是？

四，一七，晚八时二十分

不知

不知何故我同璧弟竟如此难分难舍。闻得璧弟要往外国便怅惘，愁及将来之微茫也怅惘！璧弟说："我们要有始有终。"是呀，我们要有始有终。但是可怕的是分离，难免的是阻碍，又谁知将来此花到底结何果？璧弟，璧弟，我此时觉得心摇摇如悬旌，不仅因精神颓靡而狂跳已也。我此时也不必说对于璧弟的心如何，由我一切任他的地方，聪明的他也可以猜知。但谁知这是不是冒险呢！

四，一八，晚八时十一分

晚饭

晚饭后，借口向嫂嫂书桌上寻《三国演义》教小侄女看，在她的桌上翻出我所渴望的物件——璧弟的信。信虽收到了，而我的心反酸溜溜的。也不知是喜，是怨，是恨，总之为璧弟信中所含蓄的热情感动而已。璧弟，瑗太痴了！

璧弟，我此时颇想同你偎倚着哭一场。热泪在我眼中直转。璧弟，瑗是痴人，不是轻薄人。别人以为她

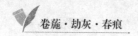

是得意人,那知她是伤心人。璧弟,瑷并未想"八面玲珑",但愿这场梦做到底,璧对瑷的心始终如一!

璧弟,璧弟到外国去不去,虽未定;去了,虽终必归来,然而这种离别的滋味,一想到已令瑷黯然魂销,何须身经其境!不变呀!不变呀!茫茫的天呀!不可知的将来!!可怕的将来!!!

四,二〇,晚八时十分,和泪书

璧弟d

璧弟问我关于别号的谬想,可惜得很,我此时已记不起(不骗璧弟)。但也记得一点儿,便是我所想者,同璧弟所想者全异。我只想到我们同读书、相调笑时的情致。瑷的性情是这样:一方企慕闲静清淡的生活;一方要尽点儿做人的义务——直接或间接对社会有些小的贡献。这两方面并非根本不相容,但难得兼而有之。本来世间最难得的清福是:同知心合意的人儿读读古今奇文,看看行云流水,春花秋月;而且在另一方面又不是依赖他人,作人类的寄生虫。笔太笨了,说不明白,聪明的阿璧,自能体会到瑷的心坎上去。

我俩都不是怎样糊涂的人,又不是小孩,自然不会将此次晤面时的表示作等闲看。在此双方的爱情愈趋愈亲密，彼此的态度亦趋于严重的时节，璧弟所说的话是应有而且必须有的。璧弟，爱情是同心理学上讲的注意一般，深与广是不能并容的。我用最诚恳的态度表示我对于你所说的话完全同意。

四，二一，晚八时半

说起

说起花来，就有话说了。就我所见过的花中，我以为花中之最香者当数兰与玫瑰。（香乃花之神韵，色乃花之体态。故取人以美而韵者为上品，名花必香色俱佳。）兰之香清远，玫瑰则甜美。兰如高士，玫瑰如好女。兰花未收藏过，不知干后如何；玫瑰则花残而香不减。（瑗有"花残香犹在"之句。）澧君曾集玫瑰残瓣为我作枕心，入夜则甜香沁人梦魂。前年在南京，每日晨起早饭前，必往花圃里看玫瑰。春日玫瑰如美人之妙年，严妆；秋日的玫瑰则如美人之迟暮，病起。树中，瑗爱松、柏、梧桐、杨柳。花中，瑗爱菊（白的）、兰、玫瑰、荷花。树与花之间者爱芭蕉。

…………

所谓"老练"者，即"温存"的反面。其实璧对待瑗并非不"温存"、体贴，无奈瑗此时对他的心太痴了，对于他未免有责备贤者之意。瑗是这样的人：对于普通男友，决不显露丝毫要人怜惜的情态，最好要比他们还练达些；对于她所爱而又挚爱她者，则所要求的怜惜奢极了。瑗认为人生只有在两种人面前可"撒娇"，可要求他们怜惜：一是母亲，一是情人。其实撒娇媚人的情态，男性也尽有，不限于女性，如上礼拜一在××室，璧弟向瑗陪罪，拿手绢拭泪时那刹那间的情态。

四，二六，晚八时二十分

从昨

从昨日下午起，便感到不舒服，但为要发信给璧之故，下午仍出去上课。在外边鬼混了一阵回来，即躺在床上看书，不久便昏昏睡去，醒来已六时了。其实也无何显著的病症，精神颓靡，心烦闷而已。懒呀，话懒说，书懒看，衣服懒换，鞋不白了也懒擦！唉！璧弟，瑗此时真感到无热情的慰藉的痛苦！人生最苦痛的是把人间的关系都看穿了。阿兄夫妇对我未尝不好，然所谓微温者也。世间最能体贴我们的人，母亲，情人！璧弟呀璧弟！

璧弟说，到不得已时，定陪阿瑗独身一世，阿瑗应如何感谢他的深情！不过从良心上讲，瑗不愿他如此。璧不愿伤我母之心，瑗何忍伤你父母之心。我们彼此相爱，我们又要彼此爱我们的老人。璧弟，万一到那时，愿璧弟别固执。璧弟，璧弟，又亲又爱的璧弟，瑗又珠泪盈眶了！

"人为刀俎，我为鱼肉。"那更堪刀俎即其慈母，鱼肉即其爱女？最痛心者，"鱼肉"而外，尚有连带而牺牲终身幸福者！

四，二八，晚七时二十分

尤侗

尤侗《西堂杂俎·九五枝谭》云："柳下惠坐怀不乱；阮嗣宗醉眠邻妇侧，其夫察之，终无他意。人谓不好色者无如二子。然既坐怀矣，何必乱；既醉眠矣，何必有他意。""含喜微笑，窃视流盼，玉钗挂冠，罗袖拂衣：色中佳趣，有过于此者乎？盖好之深者，以微词相感动，精神相依凭；必荐枕而成亲，待宛颈而为密者，皆形骸之论也。"此言可为《九歌》"满堂兮美人，忽独与余兮目成"二句的注脚；乃知我们的理想境

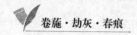

界，前人已道过了。

木香花虽娇嫩，可是供养它时，我也不怕麻烦。我虽懒，而于所爱者，可为之奔走服劳，供养于心坎之上也。松柏之可爱处，就在其苍老。苍老，娇艳，同为美中之一体，璧何厚彼而薄此？

四，三〇，晚八时五十分

下午

下午到公园去，见海棠已尽谢，连残蕊都无从寻觅，牡丹亦多开者，不禁有玉茗"锦屏人忒看的这韶光贱"之感。"辜负了海棠时候"，这个断句竟于不知不觉间从口中溜出。久不出门，觉园中春色浓艳之至，阿瑗此时的心情，善体贴瑗的璧弟当可知之。"亭前春逐红英尽"，愿我们生命的春光，别同我今年一样的等闲抛撒！对阑珊花事，斜阳芳草，都成惆怅！

五，一，晚九时

读了

读了五月一日的来信，不禁凄然！从吃中饭前到此时，心中不住狂跳。唉！不知素日以慷慨自许的瑗，何以现在变得如此怕离别！

结合的迟早有什么关系，我曾同你说过，我是不喜进家庭的。"一昔如环，昔昔都成玦。"我所伤心的是：未曾"成环"，便永久"成玦"了。瑗对于世故人情也知道些子，一切道理自觉看的很明白，此时于璧弟还有什么话说。一切由你！一切由你！！一切由你！！！静候你远游归来，我们重见。

今天下午，本打算写点东西，心乱如此，能写吗？唉！璧弟，璧弟，瑗的又亲又爱的璧弟！……

五，三，下午二时

瑗怕

瑗怕璧弟抵抗不了新爱情的诱惑，璧弟怕瑗屈服外界的压力；因此我曾和泪写信，璧弟在××室少候一会儿也泪下如雨，有归国后"佳人已属□□□"之叹。璧弟，我们俩原来一般的痴！只要璧弟的心始终不渝，（璧弟自然不变！）无论走到那里，都念着国内飘泊流离（不知者以为瑗有母兄可依，但瑗自觉她是飘泊者）的，薄命的瑗，瑗为他拼命抵抗外力。璧弟！璧弟！！瑗终生相依的璧弟！！！三年过起来也很快，我送了璧

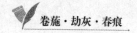

弟，便日夜引领望他归来！璧弟，望你在念及你的倚闾
的双亲之外，也念及"一日思君十二时"的阿瑗！

五，九，九时

璧弟e

璧弟此时，无论如何，不再说瑗态度灰色罢？瑗此
后的生命全在你手中，她的身和心完全为你所有。唉！
"始乱之而终弃之"，此千古女子的伤心语；我们固未
及乱，然人之伤心又何必在乱而被弃。璧弟！璧弟！又
亲又爱的璧弟！掌握我的生命的璧弟，今天怎不是"廿
四"？我们的纪念日！此较接吻，称"爱友"如何？

五，一五，晚九时二十分

一日

"一日不见，如三秋兮。"其实我们一天不接信，
也作如是想。说什么话呢？昨日傍晚方分别。凝想，凝
想，凝想璧弟此时在作什么事。就此停住吧。

五，一五，晚八时五十分

璧弟f

璧弟提议以合摄影为定情之证，我也同意，我俩的恋史就此告一段落。不过提及此，瑗又微微的有些伤感。这并不是瑗于璧弟有何不满意处。这同上礼拜六同璧弟偎倚着而啜泣太息的情怀一样——将此事看得太珍重了！璧弟当能谅我。好梦，好梦，愿此梦直做到死！我宁愿早些死，只要死在梦里。

五，一九，晚八时四十分

十九

十九的信来，现在就此作复。看了此信的后段，瑗很感动。璧弟如此珍重爱情，是瑗尚有知人之明，不曾认错人。璧弟，我们彼此珍重我们的爱情，我们的……不只是我们形骸上的接触，这是我们的灵魂互相融洽的象征！！！我们从冒险寻求我们的新大陆。送璧弟去国后，便日夜盼他归来。但愿我俩的爱情经此次久别的锻炼而更挚！！！瑗的泪又盈睫了。

五，二〇，晚十时半